KOKORO-CONNECT NISE-RANDOM

ココロコネクト
ニセランダム

宇和千尋(15)
血液型：O型
趣　味：音楽鑑賞。主に洋楽。
特　技：空手。まあそこそこの実力。
座右の銘：独立自尊
今ほしいもの：ロードバイク
入部動機：唯さんに誘われて、その流れで。
文研部の第一印象：これ、正直に言っていいんすか？
オーミ先輩
青木義文
唯さん
新入部員Profile

円城寺紫乃(15)
血液型：AB型
趣　味：飼ってる犬と遊ぶ♡
特　技：でしゃばらないこと……で、どうでしょうか……？
座右の銘：次までに考えてきますっ(>_<)
今ほしいもの：強い自分……なんて。
入部動機：先輩達に憧れてます！
文研部の第一印象：リア充オーラが凄いなと……！

――稲葉んと付き合ったままでいいから、わたしともさぁ。
――一番じゃなくてもいいから。
この世界は
最高に面白い。
そうだろ？

「俺達、別れようか」

「うっとうしい。うざい。正直、飽きた」

「――……オレが……唯を……無視すんの？」

「二股でもなんでもかけてしまえということよ」

「それこそが幸せであり、それこそが正しい道よ」

目次

ココロコネクト ニセランダム

庵田定夏

ファミ通文庫

イラスト／白身魚

○月×日　くもり

——に会いました。

自分なんて。

いやいや違う違う。なにを書いてるんだ？　今のなし。会ってない。見てない。聞いてない。知らない知らない。なしなし！

だって嘘《うそ》だもんね。あんなの夢。そう夢だ、間違いなく。

現実にそんなものいる訳がないし！　だから自分の世界は変わっていない。ぜったい。

そう、今日もいつも通り、明日もいつも通り、明後日もいつも通り、明明後日もいつも通り、ずーっといつも通り。

いや、いつも通りは嫌なんだけど。それは、嫌だけど。

あれは違う。

今日は早く寝よう。もう疲れちゃった。疲れて変なことになっているんだ。明日にしよう。明日はいい日だ。

それで元通りだから。

忘れる。

お休みなさい。

一章　体育祭

「体育祭《たいいくさい》の話し合いやりまーす！」

六月上旬、山星《やまぼし》高校二年二組の教室で、学級委員長、瀬戸内薫《せとうちかおる》が言った。

月曜六時間目本日のホームルームは、七月頭に迫った体育祭の話し合いを行うのだ。

「男子は男子体育委員の渡瀬《わたせ》君、女子は女子体育委員の栗原《くりはら》さんのところに集合！」

すっかり学級委員長の役割が馴染《なじ》んできた瀬戸内が指示を出す。今日も黒髪《くろかみ》ショートカット、耳にきらっと光るピアスがアクセントになっていて、おしゃれもわかる優等生といった風情《ふぜい》である。

周囲と会話を続けながら、クラスメイト達が席を立つ。八重樫太一《やえがしたいち》も移動を開始する。

「もう体育祭の季節かー！　燃えるな～、燃えるな～。ねえっ、八重樫君！」

途中、ツインテールがチャームポイントの中山真理子《なかやままりこ》が話しかけてきた。いつも笑顔を絶やさない快活《かいかつ》な女の子だ。

「だな」と太一は一つ頷《うなず》いて返す。

「おいっちっち、返しが短いよ八重樫君！　二文字て！　二文字て！」

押しが強くて、若干《じゃっかん》太一は苦手だったりするのだが、永瀬《ながせ》と仲がよいという繋《つな》がりもあってかよく絡《から》まれる。

「あ、ああ、悪い」

「む〜ん、ノリがイマイチだなぁ。いつもはその声で稲葉《いなば》さんに愛の言葉を囁《ささや》いてるクセにさぁ〜」

と、中山の背後から飛びつく影。

「だーん！　楽しそうだねぇ、中山ちゃんと太一！」

中山だけでも華《はな》やかだった空間が、また一気にきらびやかさを増す。中山に抱きつくのは我《われ》らが文化《ぶんか》研究部《けんきゅうぶ》部長永瀬伊織《いおり》、学年一ともてはやされる美少女だ。大人っぽいロングの髪も馴染んできていて、その外見に比例して、内面的にもしっかり者になってきた感がある。

「まーねー！　わたしと八重樫君はマブい関係だからねっ」

「なにっ、だったらわたしと太一も負けてないよ！　一年間部活で色々あったし！」

色々あったし、そんな一言で済ませられるほど、自分や永瀬、それから文化研究部の面々が過ごしてきた一年間は生半可《なまはんか》じゃなかった。

でも今自分達がこうして笑い合えているのは事実だ。自分と永瀬が親友として接し合えているのも事実だ。

その事実さえあれば、後のことなんて、『色々あったし』で構わないのかもしれない。再び脅威《きょうい》が自分達に牙《きば》を剝《む》いてきたとしても、自分達は力を合わせて、戦うだけだ。

「なにをむすっと考え込んでいるんだい太一は！　美少女コンビに囲まれてるというのに！　あれか、稲葉んという嫁《よめ》がいるからか他の女は眼中《がんちゅう》にないか！」

「嫁か！　そうだね、八重樫君にとって溺《おぼ》れるほど可愛《かわい》い嫁だね！」

「ねえっ！　今『美少女に囲まれて可愛いの渦《うず》に溺れてみたい』って聞こえたんだけど！　あたしも一緒に溺れてみたい！」

「誰も言ってねえよ」

そんな妙な願望を走り込んできてわざわざ宣《のたま》ったのは、太一と同じ文化研究部の桐山《きりやま》唯《ゆい》だ。小柄《こがら》な体型に長くてさらさらの栗色の髪、可愛いもの大好きを標榜《ひょうぼう》する今時の女の子であるが、女子フルコンタクト空手界の猛者《もさ》という武闘派な一面も持っている。

「あれ、聞き間違い？　残念、せっかく夢を語り合える同志を見つけたと思ったのに」

「時々大丈夫かなって心配になるよな、桐山も」

太一は呟《つぶや》く。桐山は比較的まともな性格の子だと思っているのだが、こと『可愛い』に関してはおかしな状態になる。

女子との雑談はそのあたりで終え、太一は男子体育委員、サッカー部さわやかイケメン担当渡瀬の席へ向かう（「ったくお前は一度女の子と戯《たわむ》れないと集合もできないのかよ」と言う渡瀬を始め、皆に「いい加減にしろ！」「俺と代われ！　いくらだ！」と抗《こう》

議《ぎ》や交渉《こうしょう》を受けた)。

「まず確認なんだけど」

話し合いが始まってすぐに、体育委員として女子側の中心にいる栗原雪菜《ゆきな》が手を挙げた。男子にも注目して欲しいようだ。

桐山と大の仲良しである栗原は、スレンダーで身長の高い女子だ。ウェーブする明るく染められた髪や垢抜《あかぬ》けた化粧から一見遊んでそうにも見えるが、所属する陸上部の練習も頑張《がんば》る真面目生徒だ。

「マジで勝ちにいく?」

「「当然っしょ!」」

初めに叫んだ数人に続き、クラス全体が同じように「勝ちたいよな」と言い合う。

「だってだって〜、体育祭で優勝したら文化祭でも特典あるし〜」

中山がよく通る声で言った。

山星高校の体育祭は、一年、二年、三年の各学年一クラスずつ計三クラスを一チームとした対抗戦だ。そこで優勝したチームは、文化祭の際他クラスとの調整なしに出し物を自由に選び、また場所取りでも優先権を得られる等の特典が与えられるのだ。

「体育祭勝てば、文化祭の楽しみも倍増だし!」「クラスが盛り上がるためには絶対勝たなきゃね!」「てかんなもん関係なしに勝ち狙わないでどうすんだよ!」

「おっけ、おっけ。みんなの本気度はよーくわかったよ」

　栗原がどうどう、と皆を抑える。それに対して桐山が呆《あき》れ顔で呟いた。

「というか雪菜、体育委員が曖昧《あいまい》な気持ちじゃ困るわよ。みんなを引っ張らなくちゃいけないんだから」

「言われなくても。だいたい、これ聞いたのはあんたのためなんだよ？」

「あたしの？　なんで？」

　首を傾《かし》げる桐山。それを無視して栗原はさらりと言う。

「じゃ、ひとまず女子の全競技に『武神《ぶしん》』桐山唯を投入することが決定、と」

「ちょっと待ってよ!?　勝手に決定しないでよ！　しかも武神!?」

　騒ぎ出す桐山を尻目《しりめ》に、皆がうんうんと首肯《しゅこう》する。

「っていうか一人で出場できる種目に上限があるから無理でしょ!?」

「大丈夫。『マスクド・桐山一号』や『マスクド・桐山二号』も導入するから」

「おい、もし必要なら俺の持っているマスクを貸し出すぞ。あの軽量級ながら世界王者を獲得した、サンディエゴ出身の――」

「全然大丈夫に思えないから絶対にやりません！　後、太一！　なに当たり前のようにマスク持っててしかも語り出しているのよ！　引くわよ！」

　桐山に引かれてしまった。……できればもう少し語りたかったのに、くそっ！

「マスクド桐山案は一旦《いったん》保留かぁ」

「永久凍結しなさい！」

漫才のような栗原と桐山のやり取りの後、改めて男女別れて話し合いが始まる。

「え～男子は……、つーか女子も同じことしてるみたいだけど、運動部の奴らがフル回転で得点稼げる競技に出てって、そん次に八重樫とか運動部じゃないけどそれなりの奴らを回して、後余ったとこを他の奴で、って感じか？」

渡瀬が問うと、運動部の面々を中心に皆が頷いた。

「それでいこうぜ！」「俺リレーな！」「棒倒《ぼうたお》し出てやるかなぁ」

太一も「俺は必要な種目に入れてくれればいい」と同意した。

「えー……、そっちもいいよな？」

渡瀬が、運動をあまり得意としない面子《めんつ》にも確認する。

「あ、うん」「おう」「いいよ」

「よーし、じゃあまず得点のデカイ山星高校名物、男女混合騎馬戦《きばせん》から――」

種目決めが終わり、最後にもう一度皆が元の席に戻って、瀬戸内が前に立つ。

「じゃあ最後に応援合戦の代表者決めまーす」

山星高校の応援合戦は、体育祭の目玉とも言える種目だ。ただの演目ではなく、大きな加点対象でもある。例年力の入れようもなかなかで、体育祭の一カ月前から練習が始まる。その際各学年男女数名が代表となって、全体練習などの指揮《しき》を行うのだ。

「――と八重樫。これで男子は三人。女子は桐山・永瀬……後一人立候補《りっこうほ》いない？」

男子はすんなり決まったのだが、女子最後の一人が決まらなかった。

「あんたどうなのよ？」「いや、ちょっと指揮とかは……」「中山ちゃんは？」「ぬ～ん、わたし運動あんまし得意じゃないもので……」

「あたしがやれるといいんだけど、学級委員や体育委員はなれないからなぁ……」

栗原が呟く。

瀬戸内も腕《うで》を組んで「どうしようか……」と悩んでいる。

と、決まり切る前にチャイムが鳴ってしまった。

その鐘《かね》の音と共に、学級委員長に任せきりでホームルーム中爆睡《ばくすい》していた、二年二組担任《たんにん》後藤龍善《ごとうりゅうぜん》が目を覚ました。

「……ん？　おっとこんな時間か。話し合い終わったな、瀬戸内。さっさと――」

「まだ終わってませんけど」

「えええええええ!?　もう帰れるんじゃないの!?」

「どんだけ驚いてるんすか！　そう言うなら手伝って下さい！　今、応援合戦代表者の最後女子一人を決めてます！」

一年生時代も太一の担任で、文化研究部の顧問を引き受けてくれている後藤は、衝撃的ずぼらさを持つ教師なのだ（そろそろ職務怠慢《しょくむたいまん》で問題になるレベル）。

「むう、そうか……。今決まってるのは永瀬に桐山……。ん？　誰かが足りないような……あ！　藤島《ふじしま》だ！　ここは藤島しかないだろ！」

「……え？　……私？」

思ってもみなかった、という表情を浮かべるのは、元・一年三組学級委員長にして、二年二組では平構成員《ひらこうせいいん》に格下げとなった藤島麻衣子《まいこ》だ。

「そんな役……私よりもっと相応《ふさわ》しい人がいるでしょうに……」

燦然《さんぜん》と輝いていたカリスマも今は昔、一年の時なら間違いなく中心となっていたクラスでの話し合いでも、後ろに控えることが多くなっていた。

皆が次の一言を言いあぐねて空気が停滞《ていたい》する。そこを、永瀬が切り開いていった。

「わ、わたしも賛成《さんせい》かな！　できれば一緒に頑張って欲しい。藤島さんが本気を出せばさ、優勝見えてくるよ！　うちのクラス運動部の人多いし！」

「お、俺もそう思う！　マジ藤島さんならいけるって！　てか藤島さんしかいねえ！」

更に渡瀬が続いた。流れができると次々に声が上がった。

「……優勝」「確かにいけそうかも！」「目指せ優勝！」「よし！」「おお！」

元々ノリがよく体育祭への士気《しき》も高かった二年二組が『優勝』の二文字に向けて更に盛り上がる。そのクラスの熱気がどんどん藤島に流れ込んでいく。

「え……えっと……。じゃあ、……やります」

藤島が頷いた瞬間、クラスは割れんばかりの拍手《はくしゅ》で包まれた。

本当に嫌がっていたらどうしようかと太一は思ったが、少し照れた藤島の表情を見ると心配は要らないようだ。

「ふっ、わかっているとは思うが、俺の提案はさっさと帰りたいから学級委員長として一年の時なんでもやってくれた藤島にお願いしたのではなく、自信を失ってしまった藤島に浮上のきっかけを与えるという、なんとも含蓄《がんちく》のある教師としての——」

「黙《だま》って下さい。すぐ部活に行かなきゃいけない人もいるんで」

「はい黙ります、ごめんなさい瀬戸内さん」

元プチ不良ということもあって、瀬戸内の睨《にら》みは迫力がある。

「じゃあこれで決定！　みんなお疲れ！」

瀬戸内が締《し》めてホームルームが終了。

と同時に、藤島がなにか重要なことに気づいたらしく目をかっと見開いた。

「……はっ！　そういえば今私……永瀬さんからお誘いを受けてなかったかしら……？　ということは……永瀬さんが私の愛を受け止めてくれる気になったのね！　やっふー！」

藤島がもの凄く元気になっていた。

「……え？　なんの超解釈!?　ち、違います違います藤島さん！　ちょ、し、舌なめずりやめて貰えますかああああああ!?」

□■□■□

「嘘《うそ》!?　ちっひー・紫乃《しの》ちゃんのクラスと稲葉んのクラスって体育祭のチーム一緒!?」

太一の隣でパイプ椅子《いす》に座る永瀬が驚きの声を上げる。放課後、部室棟《ぶしつとう》四階、四〇一号室の椅子は、太一を含む二年生五人と一年生二人、文研部の全部員で埋められていた。

「らしいっすね」

「冷たっ！　もうちょっと『おおお、マジっすか～！』的反応ないの～。冷め過ぎ～」

「や、そりゃ確率的に言えばあり得るでしょ」

テンションの高い永瀬に淡々《たんたん》と返すのは宇和千尋《うわちひろ》。アシンメトリーのさっぱりした髪型の、クールで綺麗《きれい》な顔立ちの男子だ。顔は中性的だが、桐山と同じ空手道場に通って男らしく体を鍛《きた》えている。その桐山との繋がりで文研部に興味を抱いてくれ、なんだかんだあって一年生の新入部員としてこの部にきてくれた。

「ちっひーつまんなーい。ねえ、紫乃ちゃん？」

「はい、確かに千尋君はつまらないと思います。ただもしかすると、『当然面白いことを言う展開なのにノリ悪くつまらない反応をして外《はず》しを狙う』という、千尋君なりのシュールなウケ狙いの話なのかもしれません。結局つまらないんですけど」

「どうした紫乃ちゃん⁉　何故猛毒《もうどく》を⁉」

「あ、あれ？　失敗しましたか？　最近よく『素直過ぎるよね』『意外に毒吐《は》くよね』と言われるので千尋君をフォローしてみたんですけど……」

「うん、紫乃ちゃんが毒吐きテクに天賦《てんぷ》の才《さい》を持っているのはよくわかったよ」

永瀬とずれたやり取りをするのは、千尋と同じく文研部に入部してくれた円城寺《えんじょうじ》紫乃だ。顔も仕草《しぐさ》も、ミニチュアダックスフンドを思わせる小動物みたいな女の子である。

ふわっとした茶色のボブカットがとても可愛らしい。ぽわぽわおどおどしていることの多い円城寺だが、言うことはきっちり言うタイプでもある。

太一自身、新しい仲間に初めは戸惑《とまど》いもあったが、入部から一カ月が経《た》とうとする今では、大分しっくりくるようになった。それは新入生二人にとっても同じことだろう。

青木《あおき》が「しかし盛り上がってきたなー！」と明るい声を出した。長身の体が動く度《たび》に軽くパーマのかかった髪が揺れている。

「オレ・稲葉っちゃん・千尋・紫乃ちゃんの四人が緑団、太一・唯・伊織ちゃんの三人が赤団、って普通にやるだけより対抗戦できて楽しいじゃん！」

「まあ他のチームもあるし、三学年でやるし、純粋に対抗戦って訳にはいかんがな」

太一が呟くと、永瀬が「う〜ん」と唸《うな》りながら太一と千尋の二人を見比べ始めた。

「なんだ？」と太一が問う。

「いやなんかさ〜……太一とちっひーって、タイプは違うんだけど、こう、冷静でローなテンションなところが……キャラ被《かぶ》ってね？」

「か、被ってはないだろ！」

太一はアイデンティティと立場の危機を感じた。

「そんなことない……よな、桐山？」

目の前の桐山に話を振る。

「う、うん。た、太一には太一の、千尋君には千尋君のよさがあると思う……よっ」

「目を逸《そ》らすなよ！　フォローしたいけどどうにもならないレベルって傷つくぞ⁉」

「そんな似てますかね？　少なくとも俺は天然ジゴロじゃないと思ってるんですけど」

「それは俺が天然ジゴロという意味合いか！　……天然ジゴロじゃねえよ！」

「いいテンションのつっこみだよ〜太一、その調子だ。その感じでテンションキープすれば差別化できるよ〜」

「俺はテンション上げる度にキャラ被りを気にして差別化していると思われるのか⁉」

そう見られると思うとテンションを上げる気が失せる。が、そうしないとキャラが被っていると思われる……なんというジレンマなんだ！

「そーそー、太一も千尋もテンションがんがんあげてこーぜ、いぇーいー！」

青木がはしゃぐと、隣で桐山が溜息《ためいき》を吐いた。

「はぁ、でも青木みたいなのが二人じゃなくて本当によかった。一人ならまだしも、二人なんて耐えられないもの。ねえ、紫乃ちゃん？」

「はい、とってもウザイと思います」

「紫乃ちゃん今一切フォローする気なかったよね⁉　千尋には曲がりなりにもする意志を見せてたのにさ⁉」

「つか稲葉ん、太一がけちょんけちょんに没個性って言われてるのに反応しないね？」

先ほどから沈んだ様子で一人考え込んでいた稲葉姫子《ひめこ》に、永瀬が声をかける。

漆黒《しっこく》の髪に隠れる憂《うれ》いを帯びた表情が、どきっとするほど色っぽい。同級生に比べて大人びた稲葉は可愛いというよりとても綺麗だ。この稲葉が、太一の大切な彼女である。

「ああ、他の誰がどう思おうが、太一はアタシにとってオンリーワンだから構わないんだ。オンリーワンの前じゃ、どんなに世間で評判《ひょうばん》のいいナンバーワンも虚《むな》しいだけさ」

そして彼氏である自分が評するのもなんだが、周囲の意見を集約すれば多少恋愛ボケしているらしい（永瀬には『デレばん症候群《しょうこうぐん》』と呼ばれている）。

「稲葉んの場合はキャラがどうのこうのってか人格が根本的に変わったよね！　恋とはかくも偉大《いだい》か！　いやこの場合凄いのは太一か！」

「い、いやぁ、そうかな。ははは」

太一が照れていると、千尋が永瀬に向かって口を開いた。

「永瀬さん。さっきの発言撤回《てっかい》して下さい。やっぱ俺、太一さんほどバカじゃないと思います」

「なっ……、俺がバカだと！　そんなバカな!?」

これでも成績は上位の方なんだぞ。

「なんとなくなんですけど、今の太一先輩の発言はバカっぽかったですね」

「円城寺はホント容赦《ようしゃ》ないな！」

しかしぽわぽわした雰囲気《ふんいき》でただ素直なだけとわかるから、全く腹が立たない不思議《ふしぎ》なタイプの子だった。

今度は太一が稲葉に声をかけた。

「でさ、俺も気になってたんだけど元気なくないか？　どうしたんだ？」

「それは……その……」

もじもじ、と稲葉は気まずそうに目を伏せ、太一の目を見てくれない。

「なんでも言ってくれよ。ここで話しにくいなら、いつ連絡してくれてもいいし」

「……ありがとう、太一」

やわらかく微笑《ほほえ》んで稲葉は頷いた。自分を信頼してくれているんだな、と言わずとも伝わってくる。

「むず……むず……むず痒《がゆ》いよ～！」

永瀬が全身を擦《さす》りながら悶《もだ》えていた。

まだ言いづらそうにしていた稲葉だったが、「じゃあ」と口を開いた。

「その、だな。体育祭でアタシと太一は、敵同士だよな」

「それが？」

「『それが？』だと⁉　太一はアタシと……アタシと戦うことに耐えられるのか⁉」

「いや、体育祭だし」

「アタシと太一の仲は『いや、体育祭だし』で済ませられるものなのか⁉」

自分との関係を大切に思ってくれているのは嬉《うれ》しいのだが、稲葉は心配性な性格もあって、多少面倒臭《めんどうくさ》い時もある。

ま、そこが可愛くもあるんだけどな！

「太一君、いやらしくにやついてないで稲葉んを早くなんとかなさい」

永瀬に割って入られる。

「おい、いやらしくじゃねえよ」

「エロらしく？」

「エロらしくもない！　俺達はピュアなんだ！」

まったまた〜、とからかってくる永瀬を躱《かわ》しながら、太一は稲葉に「体育祭では全力で戦って大丈夫だから」と伝える。

「いいのか……アタシが本気を出しても……？　本当に本気を出したアタシは……敵クラス主力の一人や二人チョメチョメな理由で欠場に追い込むぞ⁉」

「高校の体育祭でどんな策を弄《ろう》する気なんだお前は。正々堂々競え」

チョメチョメて。

「わ、わかった。それは約束しよう。……じゃあ本気出すか！　てかアタシは基本的に負けるのが大嫌いだからな！　敵全員ぶっつぶしてやる！　一位以外に意味はない！」

「あれ？　さっきオンリーワンがどうたら言ってなかったっけ？」

太一は首を傾げる。本格的に『普通の稲葉』と『デレばん』が二重人格状態だった。

「稲葉っちゃんの勝利宣言きたー！　これは優勝が見えてきたな！」

青木が叫ぶと、それに対抗心を燃やしたのか永瀬が応戦する。

「待つんだ青木！　ウチに『武神』桐山唯がいることを忘れてないか！」

「そうよ！　あたしの目が黒いうちは……ねえ、伊織。やっぱり『武神』ってやめない？　全然可愛くないんだもん」

「ゆ、唯先輩はとっても可愛いと思います！」

「や～んありがと～紫乃ちゃ～ん！　紫乃ちゃんのいる緑団とは戦えな～い」

「フフフ、紫乃にかかればこんな小娘あっという間に無力化できるんですよー」

「稲葉。お前は円城寺のアテレコ風になにを言ってるんだよ」

太一がつっこむ。みんなテンション高いな。

負けじと永瀬が再び声を上げた。

「ちっひー！　ちっひーも唯に『可愛い可愛い』言うんだ！　イケメンフェイスの君なら面食い唯はイチコロだ！」

「面食いじゃ～な～い～で～す～！　違～い～ま～す～！」

「ていうか永瀬、お前なんで桐山を弱らせようとしてるんだよ。チーム同じだろ」

「はっ！　しまった！」

適当《てきとう》なノリを発揮《はっき》する皆に毒されたのか、呆れ気味だった千尋もついにはその流れに乗っかった。

「はいはい、言いますよ。……可愛いですよ、唯さん」

「え!?　ちょっと千尋君!?　なになにっ、今の感情こもってなかった!?　や、やめてよ～！　もう顔が熱い～！　や～ん！　千尋君も格好《かっこう》いいよ～！　きゃ～！」

体をふにゃふにゃさせ出す桐山を見て、ここぞとばかりに青木が言った。

「唯！　今日も最高に可愛いよ！」

「あ、うん。知ってる」

「反応随分《ずいぶん》違うくないですか⁉」

しょっちゅうだからあんたに言われてももうなにも思いませーん、と言う桐山を横目に、千尋が溜息交じりで呟いた。

「……しっかし体育祭ごときで」

その声に青木が反応する。

「やる気が足らんぞ千尋！　お前は応援合戦のクラス代表メンバーでもあるんだろ⁉」

「じゃんけんに負けただけって言ったじゃないっすか。……いや、俺はとにかく『運』に恵《めぐ》まれないタイプで……って、太一さん？」

「そうなのか、千尋。実は俺もじゃんけん弱いんだよ。やっぱり俺達似てるな」

「変なとこで共感覚えないで下さい。なに肩に手を置いてるんすか」

千尋はつれない奴《やつ》だった。

「どっちにしてももっと気合い入れろよ千尋！　同じチームとして……あ、そうだ。なら勝負にもっと真剣になれるように文研部で賭《か》けしない？」

青木が言い出すと、すぐさま永瀬が乗っかった。

「いいじゃん、ちょうど三対四だしね！　じゃあ順位上だった方が……相手に一つ命令できる、ってやつで！　相手チームの誰に言ってもいいけど、命令は一つね！」

「乗った！」とこちらもすぐに桐山が応じた。

「そ、その命令は絶対ですか伊織先輩……？」

不安気な表情を浮かべる円城寺が、恐る恐る尋《たず》ねる。

「おうさ！」

「そ、そんな……じゃあ下手《へた》をすれば……わたしが遠くの国に売り飛ばされて……もう日本に二度と帰ってこれないことも……」

「どんな可能性を考慮《こうりょ》してるんだよ円城寺は」

太一がつっこんだ。体育祭の勝負で一生に関わる命令をされたら堪《たま》らない。

そんなぶっ飛んだネガティブ思考の円城寺に、青木が声をかける。

「紫乃ちゃん！　勝てばいいんだ勝てば！　それに勝てば、敵の太一か伊織ちゃんか唯に好きな命令ができるんだぜ！」

「え……？　じゃ、じゃあ太一先輩にあんなセリフやこんなセリフを耳元で囁《ささや》いて貰うことも……。……しゃあああ！　やる気出てきたああああ！」

「おい円城寺！　お前がキャラ崩壊《ほうかい》するのは早過ぎるぞ!?」

まあまだ付き合いが短いので、円城寺も自分の全てを出し切っている訳ではないだろうが。ともかく円城寺は声（特に太一の声）に対する執着《しゅうちゃく》が凄かったりする。

そんな円城寺の情熱が、妙な感じで稲葉に乗り移ってしまったらしい。

「じゃあアタシはついに……ついに……ついに太一とあの場所に行って……それから二人は…………きゃっ！　こ、これ以上は恥ずかしくて言えないっ！」

なんだかとてもデレデレした笑顔だった。

「ホント稲葉んはエロらしい子だね。『痴女《ちじょ》ばん』と呼べる日も近いかもね」

「おい永瀬。人の彼女になにを言ってくれてるんだ」

そんなこんなで、今日も特になにもしていない内に時間が経っていく。

でもその時間こそが、とても心地よく感じられるのだ。

途中、しばらく沈黙《ちんもく》していたローテンションな千尋が、本当に嫌がってないだろうかと表情を確認したら、必死に笑いを噛《か》み殺していた。千尋も楽しいと思ってくれているみたいだ、と太一がほっとした、瞬間。

顔を俯《うつむ》け気味にした千尋が笑いを零《こぼ》す。

にやり、と。

二章　彼女からの誘惑

○月×日　晴れ

体育祭は少し憂鬱《ゆううつ》。みんなのお荷物になることしかできないってわかってるから。

今日はクラスで体育祭についての話し合いがあった。

運悪くっていうか運よくっていうかはわからないけど、わたし達のクラスにやる気のある人はほとんどいない。

ほっとして、胸がちりってした。ほっとした自分を、嫌だなって思った。ダメだなあわたしは。

盛り上がりに欠ける話し合いの中で、応援合戦代表者とか面倒臭《めんどうくさ》い役割には、露骨《ろこつ》ではないけど、明らかな擦《なす》りつけ合いが起こっていた。見てられなかったよ……。

手を挙《あ》げたかったんだけど、あんな雰囲気《ふんいき》の中、手なんて挙げられるはずないよね。

いくらなんでもあの空気じゃ……仕方ないかな、って。

だから誰かが手を挙げるのを待って。期待を込めてみんなを見て。じっと待ってた。自分じゃなくても誰かが、って。でも誰も手を挙げなかった。

ところがってやつで。同じチームの上級生は、わたし達と違ってやる気満々みたい。足を引っ張りそうで申し訳ない。でもクラス全体のことはどうしようもないし。

できるならば……。……できないから、同じ、か。

……また今度は。次……、いけそうな時は。

＋＋＋

がやがやと騒ぎながら各自好きなことをする部活に、今日も八重樫太一《やえがしたいち》は参加する。

「よーしじゃあ終わろっかー！」

明るい声で部長の永瀬伊織《ながせいおり》が言った。

用事のあった稲葉姫子《いなばひめこ》を除《のぞ》いた六人が集合したその日は、少しだけ『文研新聞《ぶんけんしんぶん》』についての会議も行われた。部活終了後、皆で帰路《きろ》に就く。

途中途中で帰り道が違う者と別れていき、自宅の最寄《もよ》り駅に着く頃には太一も一人になる。

改札を出、定期入れを鞄《かばん》に戻す。気持ちのよい風が吹いて太一は軽く伸びをした。風に乗ってほのかに甘い匂《にお》いが漂《ただよ》う。駅前のパン屋から流れてきたものだろう。小腹が空いていたが今日は我慢《がまん》することにした。まだ月初めなのだ、無駄遣《むだづか》いは厳禁《げんきん》だ。

太一は駐輪所《ちゅうりんじょ》に向かって歩いていく。

近頃暑さも感じるようになってきた、一月もすれば夏がくる。

正面から高校生のカップルが歩いてきた。手を絡《から》めてベタベタしている。ふと、男女を観察し、そして自分と稲葉の姿を思い浮かべる。彼女ができてから街をいくカップルの見方が変わった。自分達と比較《ひかく》を行い、付き合い方の参考にするのだ。

今度は女子が男子の腕《うで》にしがみつくような格好《かっこう》になった。

稲葉は引っ付きたがっているし、自分ももう少し他人の目を気にしないでもいいのだろうか。いや、それは恥ずかしいし不快《ふかい》に思う人もいるだろう。部室でも、特に永瀬がいると、複雑な展開を経《へ》てきた手前どうしても気になってしまうし——。

【————】

どこか遠く、限界まで遠く、さながら意識の果てとでも言うべき場所から、微《かす》かに、なにかの音が、声が、頭に響いた気がした。

けれどそれはつかみどころのない些末《さまつ》な違和感《いわかん》のようなもので、意識として捉《とら》えきる前に、あっという間に、消えていった。

なんとなく予感があって太一は後ろを振り返る。

するとそこに、永瀬伊織がいた。

「へ？　なんで永瀬が？」

太一は間抜けな声を出してしまう。永瀬とは住んでいる町が違うため、随分《ずいぶん》前に別れているのだ。こちらの方に用事があるとも聞いていない。

しかし永瀬がそこにいるのは間違いない。

「話したいことが……、あってさ。……時間大丈夫？」

天然記念物《てんねんきねんぶつ》のような美少女が、上目遣いに尋《たず》ねてくる。

「いや……でも。……明日じゃダメか？」

——今、自分は、断った？

なぜ断るのか。自分でもわからない。わからないけど考えるより先に口が動いていた。とても嫌な感じがしたのだ。ここにいてはいけないと、本能が叫んでいるのだ。

「用事でもあるの？」

「あ、いや。……用事は特にないから、……やっぱり大丈夫だ」

なにをバカな。永瀬が話したいと言ってきているのに、理由もなく断るなんて、どうかしているとしか思えない。太一は頭を切り換える。

電話やメールでは済ませられない大事な話があるのだろう。

「……じゃあ、ファミレスにでも行くか」

「いや、いいよ。ここで」

「おう……そうか」

初夏《しょか》の匂いを運ぶ風が、永瀬の長髪をなびかせた。少しだけ下り始めた夜の帳《とばり》の雰囲気は、今の永瀬の澄《す》んで物憂《ものう》げな表情に、恐いくらいにぴったりだった。

駅の改札に向かう人が、その美貌《びぼう》に目を奪われてか、時折振り返る。

一途《いちず》な永瀬の瞳《ひとみ》が太一を捉える。その瞳が太一の心をざわめかせる。

永瀬が口を開く。

「未練《みれん》がある——って言ったら、どうする?」

不意に周囲が丸ごと静寂《せいじゃく》に包まれた。他になんの音も聞こえない空間に、太一と永瀬が二人ぽっちで残された錯覚《さっかく》が生まれ、すぐ通り過ぎて元の世界に戻る。

「な、なんだよ……。未練? 誰のなんに対する未練だ?」

太一の声は震えていた。震える必要はないのに。震える意味はないのに——。

「永瀬伊織の、八重樫太一に対する未練だよ」

なぜ。今になって。

妖《あや》しく、寂しく、永瀬は、仄《ほの》かに溶《と》ける笑みを作ってみせる。

決定的な一撃。唐突《とうとつ》だ。唐突……ではないのか? 言葉の意味するところは、もう、理解できている。だが認めたくなかった。認めたくない? なぜだ? それは。

信じられない。

「それって……いったいどういう……ことだよ?」

わずかな希望に縋《すが》って、太一は声を絞《しぼ》り出す。

「ねえ……、やっぱりわたしは好きだよ。太一のこと」

現実は残酷《ざんこく》だ。

あんな『そこで終われば完結している出来事』があっても物語は終わらないのだから。

作り物みたいに素晴《すば》らしい一瞬が散って、無慈悲《むじひ》な現実は続いていく。

恋は綺麗《きれい》になんて終わらない。

□■□■□

翌朝、太一は妙な緊張と共に登校していた。

昨日突然の告白をしてきた永瀬と、教室で顔を合わせなければならないのだ。

永瀬は、自分に、八重樫太一に未練がある、そう伝えると返答は求めずに去っていった。さながら宣戦布告《せんせんふこく》の如《ごと》く、だ。

未練がある——好きだ——障害《しょうがい》もなく丸く収まったはずが、終わってはいなかったと言うのか。

あまりに突発的な開戦宣言に太一は戸惑《とまど》うしかなかった。気になることが山盛りで、なにをどうすべきか全くまとまらない。中でも一番気がかりなのは、永瀬と稲葉の間でこの話はどうなっているのか、であった。

永瀬伊織と稲葉姫子。

両者とも、自分を好きだと言ってくれて、自分も好きになったことがある女の子だ。

この二人には、他の人間、たとえ太一ですらも入り込めないような固い絆《きずな》がある。

前例から考えれば、既《すで》にこの話、つまり永瀬がまだ自分のことを想ってくれていて、
それを宣言するという話も、前もって稲葉に伝えられているはず……なのだが。

教室の永瀬の席を見る。まだ永瀬は、姿を見せていな――。

「おっはろー太一！」

「おおおおう!?」

突然背後から、まさしく張本人に声をかけられた。

「太一？　どうしたの、へんてこな声出しちゃって？」

「いや……その……お、おはよう」

「はい、おはよう。なにきょどってんの？」

「そ、それは……」

だってあんなことを言われたら……とは口にできない。その話題に今は触《ふ》れたくない。

「ていうか今日やったら暑いねー。衣替《ころもが》えで夏服モードのわたしも、更に衣替えたくなっちゃうよー」

半袖《はんそで》ブラウスにベスト姿の永瀬が、「脱いじゃおっかな～。どうしよっかな～」と歌いながら自分のベストを摘《つま》んでひらひらとさせる。

いつも通りの、いつも通り過ぎる、明るく輝く永瀬伊織だった。

まるで昨日の出来事を忘れてしまったかのようだ。

でも、そんなことはないと太一はわかっている。やろうと思えば、永瀬は自分の思い通りに振る舞うことができる。永瀬はそれが可能なのだと、太一は知っている。

「ヘイ伊織！　今日あっついあっついねおっは！　八重樫君もおっは！」

ツインテールを弾《はず》ませながら中山真理子《なかやままりこ》がやってきた。

「ヘイ中山ちゃん！　やになるくらいあっついあっついねおっは！」

永瀬も明るく楽しそうに返す。

「……あれ？　八重樫君どうしたの？　わたしシカトされてる？」

「あ、いや、おはよう、中山」

「ん～？　今日調子悪いね～八重樫君。八重樫君がイマイチだとわたしも調子悪く……はならないか！　あ、唯《ゆい》ちゃん。おっはー！」

「あ、唯来た。昨日さぁ～」

バタバタと、永瀬と中山が太一から離れていく。

一人になって、太一は背中に冷たい汗を掻《か》いていると気づく。

と、ちょうど入れ替わりになる形で渡瀬伸吾《わたせしんご》が近づいてきた。

「うーっす八重樫。なあ、俺《おれ》思ったんだけどさ。お前って自然と女の子集めちゃうじゃん？　ならお前にひっついていれば女の子と……藤島《ふじしま》さんと絡めるチャンスが増えるよな。俺も普通の女の子に声かけるのは余裕《よゆう》なんだけど、どうも藤島さんだけは……ってなに深刻《しんこく》な顔してんだよ。しけた面してたら、チャンスが逃げていくだろうが」

つっこみを入れる余裕はなかった。

永瀬はなにを考えているのか。

永瀬は自分にどうして欲しいのか。

自分は、終わっていなかった恋の行き場を、どこへ持っていけばいいのか。

今日の放課後は、各学年の応援合戦代表者が集まって練習をする予定だ。そして昼休み、太一は二年二組から一人、事前打ち合わせへと駆《か》り出《だ》されていた（じゃんけんに負けたため）。

昼食を早めに済ませ、集合場所に向かう。

無音の声が聞こえた気がした。

「昨日言ったこと、考えてくれた？　わたしが太一を好きだってことについて」

またしても突然。

北校舎《きたこうしゃ》の廊下《ろうか》で、永瀬に捕《つか》まった。

肌が粟立つ。

特別教室ばかりの場所だ。昼休みにもかかわらず人通りはほぼない。

普通なら永瀬は昼食をとっている時間だから、偶然《ぐうぜん》ではあり得ない。追いかけてきて、人が少ない場所を見計《みはか》らって話しかけてきたのだ。

半袖ブラウスにベスト姿で、整った目鼻立ちで、抜群《ばつぐん》のスタイルで、完璧《かんぺき》な笑顔の永瀬伊織。……笑顔？　この場面でこのタイミングで笑顔は、少しおかしくはないか。

「考えてくれたって……言われても」

「あれ、本気だから」

一瞬で真顔になった永瀬が太一を虜《とりこ》にする。逃げられない。逃げられる気がしない。完成された美による、それはまるで脅迫《きょうはく》。

「あのさ、永瀬。どうしたんだよ急に。突然過ぎて、俺もなにがなんだか……」

「太一は、なにを見てきたの？」

なにを、見てきたの。

自分は一度永瀬伊織を捉《とら》え間違《まちが》って、だから、今度こそはちゃんと見ているつもりだった。けれどそれは思い込みに過ぎなかったのか。

六月上旬。暑いはずだ。今日は特に暑い。なのに、寒い。

「わがままになってやろうと思ったんだ」

薄《うす》い笑顔で永瀬が言葉を紡《つむ》ぐ。

急に稲葉の顔が脳裏《のうり》に浮かんだ。いつだったか稲葉は、永瀬にわがままになれと言って貰えたから自分を変えられたんだ、と話していたと思う。

しかしどうなるのだ。危ういながらもバランスのとれた三角形は、危機を乗り越えて完全に落ち着いたのではなかったか。また揺らめくのか。まだ揺らめくのか。

今度こそ壊れるまでにいくつもりか。

「な、なあ永瀬。この話、稲葉にはなんて……」

「稲葉んには、なにも言ってないよ。必要ないじゃん」

必要ない。当事者《とうじしゃ》間の問題だから、という視点に立てば正しいことだ。でも永瀬と稲葉の間では、違うのではないのか。

また、恐い永瀬が戻ってきたかのようだ。いや、その永瀬は常に永瀬の中にいて、それを見せるか見せないかの違いでしかないのか。

「大丈夫、わたしと太一が口外《こうがい》しなきゃ絶対にばれやしない。だから考えてよ、わたしと太一の仲をもう一度。ただの友達じゃなくて」

ただの友達じゃないとして、その先にあるのは。

「……なにかあったのか？」

「別に。ただ……我慢《がまん》をやめた。自分が欲しいものを欲しがろうと思った」

我慢。自分と、そして稲葉は、永瀬に我慢を無理矢理させてしまっていたのか？

「いやでもそれは……あり得ないだろ」

自分達の恋愛は、一度終わった。そう、お互いが完全に納得したはずだ。

それに永瀬と稲葉の間には友情があるから。太一と稲葉が付き合っているから。だから——。

「この世に、あり得ない、あっちゃいけないことなんて、一つもないんだよ」

そう囁《ささや》いた永瀬の唇《くちびる》は紅《あか》く、妖しく誘うように、ぬらぬらと輝いていた。

放課後、応援合戦の練習中の永瀬は、誰にでも気さくで天真爛漫《てんしんらんまん》な永瀬伊織だった。

□■□■□

「永瀬、一度腰《こし》を据《す》えて話そう」

翌日の登校中、学校に着く直前に太一は永瀬と出くわした。

一瞬どきりとしたが、すぐ立て直して太一は自《みずか》ら話しかけた。ここ最近、二人きりの永瀬は不気味《ぶきみ》な印象がある。

「ん？　なんか話したいことあるの？」

明るく澄《す》んだ、邪気《じゃき》など全く感じられない笑顔で永瀬は聞いてくる。

それは真実か、それとも仮面《かめん》か。

極端《きょくたん》な考えが頭を支配する。

「永瀬が言ってきたことに関してだよ」

逃げてはならないと思った。たとえ修羅場《しゅらば》が待っているとしても、立ち向かわなければならない。自分は誠意《せいい》を見せる必要がある。

加えて永瀬がこうなったのには、なにかきっかけがあった可能性が高い。また以前のように大変なことが起こっているのかもしれない。

「わたしが言ってきたこと？　えー……どのこと？」

「いや、昨日とか、一昨日とか、俺に言ってきただろ。その……そうだって」

「最近わたしが太一に言った重要なこと……うーん」

本当に心当たりがないみたいに、永瀬は眉間《みけん》にシワを寄せて考え込む。

とても演技には見えない。だが永瀬伊織ならば、あるいはできてしまうかもしれない。

「ごめん、どのことかわかんないや。あの、わたし最近変なこと言った？」

永瀬は笑う。

アイドルみたいに完璧な笑顔で。

完璧過ぎて、心の裏側がちっとも読めない。

ノーヒントで正解を探すしかない。自分は試《ため》されているのだろうか？

ならばこちらから踏み込もう。

「お前が俺を……好きだ、ということに関してだ」

並んで歩いていた永瀬が足を止める。

凍《い》てつく。

やがて溶《と》け出す。

「誰が、って？」

刺すように冷淡《れいたん》な声だ。

素直に、ただ恐かった。

「……永瀬が」

「誰を？」

「俺……八重樫太一を」

「雰囲気からして、友達ってニュアンスじゃないよね、それ？」

「ああ……、もちろんだ」

認めた瞬間永瀬の表情が笑顔で凍りつく。

笑っているのに笑っていない。笑っているのに感情がない。

こんな恐い笑顔、見たことがない。

「ねえ、本当にわたしは、普段は気にしてなんかないよ。太一と話している時も、太一が稲葉んといちゃついてる時も。どんな時も」

明るいのに単調な、聞きようによっては合成音じみた声だ。

一歩、永瀬が太一に近づいてくる。

「だって、ちゃんと決着のついた話だから」

またもう一歩、近づいてくる。

「でもそれを、そうやって持ち出すのは」

更に上半身を突き出して、吐《は》いた息がかからんばかりに永瀬が顔を緊密接近《きんみっせっきん》させる。

まつげの一本一本まで視認できる距離の永瀬は、

「無神経にもほどがあるんですけど」

憤怒《ふんぬ》に満ちた声を叩きつけた。

そして、身動きの取れぬ太一を残して去っていった。


今朝のやり取りは、相当に永瀬の怒りを買ってしまったらしい。

おかげで、半日あまり太一は永瀬に無視される羽目《はめ》になった。

まだ好きだと言ってこちらを困惑《こんわく》させてきたのは永瀬であるのに、理不尽《りふじん》だ。

そう思っていたら、だ。

「ねえ太一」

その日の休み時間、一階の廊下を歩いている時だった。太一はまた一人でいるところを永瀬に捕まったのだ。気負いも躊躇《ためら》いもなく、永瀬は普通に声をかけてくる。

意味がわからない。

永瀬伊織がわからない。

「あのさ——」

「ちょっと待て、永瀬。……朝と今で態度が違い過ぎるだろ。朝はなにも知らないフリをして。でもって無視ときて、今はまた普通で……。どういうことなんだよ?」

訳がわからなくなってきた。態度の違い過ぎる永瀬が何回も現れては好き勝手言う。

どの言葉を信じればよくて、なにが真実なのかわからない。

「え……あ、それは……」

永瀬が狼狽《ろうばい》した様子を見せる。

「俺の言い方も……無神経だったかもしれない。それは謝るよ。でも、先に話を持ち出したのは永瀬だろ」

「あの時は……聞かれちゃう、かも、しれなかったから……」

か弱く自信なさげに永瀬は囁く。今度もまた想定外のリアクションだった。薄幸《はっこう》の美少女を責《せ》め立ててしまっているような錯覚《さっかく》に囚《とら》われ、太一はまごつく。

「確かに、登校中の奴らがいたってのはあるけど……」

「でしょ？」

急に勢いを取り戻した永瀬は嬉々《きき》とした様子だ。振れ幅が大きい。

「そう、だから！　周りに他の人がいる時のわたしは……『演技』って思って貰っていいから。本当なのは、太一と二人きりの時……わたしが『これは本当だよ』って言った時のわたしだけだから。合図《あいず》、ちゃんと覚えててね」

まくし立てる永瀬に、太一はうまく反応できなかった。

永瀬は、『演技している』と思われるのを極端に嫌がって、ずっと思い悩んでいたはずだ。軽々しく自分から『演技』なんて言葉、使えると思えない。

でも永瀬本人が、その言葉を口にするのだ。

「……なんでそんな、周りはどうでもよくて、本当の姿を見せるのは俺の前だけって」

「わたしの世界は、太一さえいれば完成だって、気づいたんだよ」

とっておきの秘密を教えてあげたんだと言わんばかりに、艶《つや》めく笑みが浮かんでいる。

幻惑《げんわく》される。それが真実に思えてくる。永瀬には人を魅了《みりょう》する力がある。

「それでさあ、太一」

壮絶《そうぜつ》な美少女が顔を近づけてきて、太一の耳元に口を寄せてきた。女の匂いがする。

体が硬直《こうちょく》した。そして、

——稲葉んと付き合ったままでいいから、わたしともさぁ。

甘い、淡《あわ》い、妖花《ようか》のように永瀬の唇がうごめく。

——一番じゃなくてもいいから。


太一は慌てて永瀬から体を離した。

「永瀬っ、それは違うっ——」

ぴとり。永瀬が右手でもって太一の口を封じる。

好奇の目を向ける一年生らしき二人が通り過ぎていく。

永瀬はその二人が見えなくなってからメモ帳とペンを取り出し、さらさらと文字を書いて寄越《よこ》した。

『午後五時、公園、噴水《ふんすい》のところで待ち合わせよう』

今日は千尋《ちひろ》と円城寺《えんじょうじ》のクラスでなにかやることがあるらしく、二人は部室に顔を見せなかった。文研部の部室にオリジナルメンバーの二年生五人だけが集まる。

部室での永瀬はあっけらかんとした様子だ。明るく皆と談笑《だんしょう》していた。ただ太一だけは、避けられているようであった。

四人が笑っているのを横に見つつ、溜息《ためいき》を吐いて太一はノートに目を落とす。

数式の続きを書く気にはなれない。ぐしゃぐしゃとシャーペンを動かして無意味な模《も》様《よう》を描き、消しゴムで消す。

「ねえ稲葉ん～、こうすればさ～」

「わっ、バカ！　やめねえか！　だからっ……ぷっ、くはははははは」

なんの後ろめたさもなさそうに、永瀬は稲葉とじゃれ合っている。

そのいつも通りの姿が逆に不気味さを醸《かも》し出《だ》していた。

それが、永瀬からの『あの件は二人だけの秘密だ』というメッセージなのだろうか。

ここ数日、永瀬には色々な表情を見せつけられた。

落差《らくさ》があり過ぎて、どれかが偽者《にせもの》の気さえする。その実、全てが本物であることは間違いないのだ。未《いま》だに自分は永瀬伊織を読み切れないでいる。

永瀬が太一に伝えてきた『未練があって、まだ太一のことを好きだ』という話。

その想いを太一は捉えあぐねている。永瀬の真意が摑《つか》めないでいる。

自分達はお互いを想い合っていた。タイミングさえあえば、付き合っていただろう。

それくらいに通じ合っていた。心と心が、繫《つな》がっていた。

でも運命のいたずらに翻弄《ほんろう》され、結局実ることなく二人の恋は終わった。

はっきりと、二人で確認し合った。

凄い恋だった。未熟《みじゅく》だけど、本当に本物の恋だった。だからすぐにやり直しという気にはなれなくて、全部白紙になった。

でも、もう、永瀬はやり直せるというのか。それだけの心境《しんきょう》の変化があったのか。

もしそうだとして、果たして自分はどうなのか。やり直そうと思えるのか。

告白して、受け入れられて、でも付き合うには至らなくて、また告白して、フられて、本当に心を理解し合った上でリセットしようと言い合って、月日が流れて……まだ好きだと言われて。

元々永瀬伊織に恋をしていた八重樫太一は——。

「どうしたんだ、太一？」

「——え？」

稲葉が、太一の顔を心配そうに覗《のぞ》き込んでいる。気取ることをやめた稲葉が見せる、素直な表情変化。それが元来の美貌《びぼう》の上で豊かに描き出される様は、どんな風景を見るより心が安らぐ。

冷えた心にふんわりと温もりが戻ってきた。

「いや、なんでもない」

自分の彼女は、稲葉姫子だ。

自分が今誰よりも大切に思う人間は、稲葉姫子だ。

「本当か？　昨日の夜の電話中も、うわの空じゃなかったか？」

きらきらと光る稲葉の瞳が、太一の姿を映す。

「そんなこと……、ないって」

今の心を読み取られたくなくて、太一は目を逸《そ》らして答える。まるで裏切っているように思えて胸が締め付けられた。

すると稲葉に永瀬が絡んだ。

「うーわー、稲葉んまたラブコールしてたんだ～！　熱いね～このこのっ！」

「い、いいだろうが。つ、付き合ってるんだから……。てかお前今日は太一じゃなくてアタシばっかいじるな！」

永瀬にかき乱されて、今の太一は、自分の大好きな彼女も心配させてしまう。

情けなくて、惨《みじ》めだった。

事態の混乱を解消するためにも、言われた通り公園に行く必要がある。そう思った太一は、部活が終了する少し前に「用事があるから」と席を立った。部活が終わってからじゃ手紙に書かれた午後五時に間に合わない。

太一が立ち上がっても永瀬は無反応を貫《つらぬ》いていた。自分は後から行くことで時間差を作り、怪《あや》しまれないようにするつもりだろうか。

「どこに行くんだ？　アタシもついて行く」そう主張する稲葉を頑《かたく》なに拒絶して悲しい顔をさせてしまった時は、心がずきりと痛んだ。

指定された公園は学校のすぐ近く、いつもの通学路とは反対方向だった。無駄《むだ》に広い公園であるが、ちゃんと「噴水で」となっているので落ち合えるだろう。

太一は部活動中の運動部を脇《わき》に見ながら校庭を出て、公園に向かった。

今の永瀬がなにを思っているのか、どうしたいのか。

見極めるべき対象の出方をまだ判断できないから、太一も対策をとれずじまいだ。

ふがいなさに腹が立つ。だが自分一人では正しいことが見えない。誰か他の人間の、客観的《きゃっかんてき》意見があればまた別なのだが。そう、誰かにこの状況を相談できればいいのに。

一人で悩んでいると袋小路《ふくろこうじ》に陥《おちい》ってしまう場合も、誰かの視点を借りればあっさり問題が解決する時がある。太一はそれを知っている。

でもこんなこと、誰に相談しろと言うのだ——。

ぴりりと空気が震えた。

「ねえ、八重樫君」

凜《りん》とした、まさに天から降り立ったような声に、太一は後ろを振り返る。

メガネが希望の火のように輝く。纏《まと》め上げた後ろ髪におでこを出す髪型の女子が、制服を学校案内のパンフレットに載っていそうなくらいにきっちり着こなしている。風格《ふうかく》漂《ただよ》うその女子は——藤島麻衣子《まいこ》だ。

その堂々とした立ち姿は、最強と謳《うた》われた学級委員長時代の藤島を思わせる。

「藤……島？」

あまりにもでき過ぎた登場に、太一は呆《ほう》けた声を出した。

「なにか、私に相談したいことがあるんじゃない？」

でき過ぎだ。あまりにも。自分が今、「もしあいつならいいアドバイスをくれるかも」そう冗《じょう》談《だん》交じりで空想した人間が、そこにいるのだ。しかも、弱体化する前の、皆が待ち望む復活した姿で。それはまるで夢のようではないか。

なんの疑いもなく、ここは話してもいい場面だろうと思った。このタイミングで話さずにいつ話すと言うのだ。

「絶対に他言《たごん》しないでくれるか」

「私を見くびらないでくれる？」

ああ、間違いない。これはあの頃の藤島だ。誰よりも頼《たよ》れる学級委員長だ。

「藤島はだいたい事情を知ってると思うから説明省《はぶ》くけど、実は最近……永瀬に『未練があってまだ好きなんだ』って言われて……。他言無用な！」

「いってしまいなさい」

即答。

間髪《かんはつ》も容《い》れない。考える時間もくれない。

「え？」

「だから、いってしまえばいいのよ」

「いって……しまうっていうのは……？」

自分は藤島に答えを求めていたはずだ。

「二股《ふたまた》でもなんでもかけてしまえということよ」

だけどこれは、望んでいた答えではない。絶対に望んではいけない回答だ。

「いやそれは……ある意味藤島らしい回答ではあるんだが」

恋愛自由主義を掲《かか》げる藤島なら言いかねない。でも、だとして、違うくないか？　同じ主張をするにしても、藤島なら違う言い方をしないか？

しかし藤島は、揺れる太一を見透《みす》かしてか力強く断言する。

「それこそが幸せであり、それこそが正しい道よ。みんなが幸せになれるんだから」

聖母《せいぼ》のように慈悲《じひ》深《ぶか》く笑いかけて。

「私を信じなさい」

がらん、がらん。

大きな音を立てて回ってはいけない歯車が、回り出す。

自分が進むべき道は、そちらだと言うのか？

要求された噴水に辿《たど》り着《つ》いた。犬を散歩させている年配の人が歩いている。小学生の軍団が自転車を走らせている。のどかな夕暮れの公園にいるはずなのに、太一の心は落ち着かない。体の中を暴風雨《ぼうふうう》が荒れ狂っている。

道中、太一は藤島に投げられた言葉に頭を悩ませ続けていた。

『恋愛マスター』、『愛の伝道師《でんどうし》』、『恋愛神《れんあいしん》』、ふざけた呼称《こしょう》の藤島によるアドバイス。

考えるまでもなく、二股なんて間違ったことだ。

間違っているはずなのに、藤島にああまで断言されてしまうと――いや、ない。

バカげた思考を頭から振り払う。もうすぐ永瀬がやってくるのだと身構える。

今日の休み時間の、恐ろしく艶めかしい永瀬の姿がフラッシュバックする。

――稲葉んと付き合ったままでいいから、わたしともさぁ。

――一番じゃなくてもいいから。

熱い吐息と共に吐き出された言葉は、蜜《みつ》のようにねばねばと耳に残ってとれない。甘い匂いが頭をかき乱す。

でも。まさか。あり得ない、だろう。

藤島に思い切り背中を押されてもだ。いくら藤島が凄い奴で、頼りになる奴だと思っていたとしても、あの発言はおかしい……。

そう、なにかがずっとおかしい。いつからかおかしい。でも自分の生活に、おかしなところなんてどこにもないはずだ――。

「あれ？　なにしてるの、太一？」

びくっと震えて太一は声の主を探す。誰だ。永瀬ではない。

少し離れた位置に佇《たたず》んでいるのは、桐山《きりやま》唯だった。

「……桐山？」

なぜ桐山が現れるんだと思いながら隣を見ると、宇和《うわ》千尋もいる。

「あたしはさ、今日道場に行く日だから、ちょっと先に帰ろう……としてたら、千尋君がこっちに走っていくのが見えてね。千尋君も道場の日なのに忘れてるのかなー、って思って追いかけてて……後は千尋君が逃げようとするから、なんか流れで」

桐山は肩をすくめて千尋の方を見た。千尋はとてもバツの悪そうな顔をしている。

「で、太一はなにしてるの？　誰かと待ち合わせ？」

「……お、おう。そんな、とこかな」


その日、結局いくら待っても永瀬は待ち合わせ場所に現れなかった。

三章　この世界は最高に×××

○月×日　雨のちくもり

今日、応援合戦に向けたチームの話し合いがあって、わたしのクラスの代表者の人もそこに行ってた。じゃんけんで負けた人ばかりでみんな嫌そうだった。

大丈夫かなぁ……と思っていたら、案の定「一年の奴《やつ》らがやる気ない！」と稲《いな》葉《ば》先輩がもの凄く怒っていた。太一《たいち》先輩にデレ～っとしている稲葉先輩はとっても可愛《かわい》いけど、そうじゃない時の稲葉先輩は少し、恐い、かも。

自分なら間《あいだ》を取り持てるかもしれないと思った。だから頑張《がんば》って、でも出しゃばってると勘違《かんちが》いされたら怒られそうだから、ちょっぴりだけ進言してみた。勇気は出した！偉《えら》いと褒《ほ》めていいと……思う。褒めよう。小さくてもステップアップだ。

けどちょっぴり過ぎたみたいで軽く流される結果に。

頑張ってはみたんだけど、またダメだったみたい。なんだか自信がなくなっちゃいそう。まあこれも、もっと適任《てきにん》な人がいるってことか。できればいつかは、自分も絶対。

あ、先輩達の様子がほんの少しだけおかしい感じがした。気のせいかな？

＋＋＋

話した内容を記憶している限りテキストデータで保存し、宇和千尋《うわちひろ》はノートパソコンを閉じる。デスクチェアから立ち上がり自室を出た。

リビングを横切ってキッチンへ向かう。テレビは芸能人がしょうもない罰《ばつ》ゲームをやって笑う姿を映し出していた。それを見て弟がバカみたいに笑っている。

冷蔵庫《れいぞうこ》からミネラルウォーターの入ったペットボトルを取り出して、コップに注《そそ》ぐ。

「千尋。高校の勉強はどう？　ちゃんとついていけてる？」

母親が聞いてくる。

「大したことない。余裕《よゆう》」

「そう。千尋なら大丈夫と思ってるけど……」

母親が続く言葉を言い淀《よど》んでいる。言いたいことがあるなら早くしろよ。

「学校は……楽しい？　ほら、第一志望は落ちちゃって今の学校でしょ。だから……」

後半ぐだぐだ言う必要はないだろ。いつもなら気分を害しているところだ。でも今は全く気にならない。そんな小さなものに囚《とら》われている暇《ひま》がない。

「まああ、楽しいかな」

そう、最近は本当に愉《たの》しいんだ。

本当にそんなことできるのか、最初にそれを発動させる時はかなり不安だった。元より半信半疑《はんしんはんぎ》でもあった。

だがそれは劇的《げきてき》な効果を上げた。壮大《そうだい》な騙《だま》しではないのか、という疑念が完全に消え去る。まあこれが騙しなら、手間がかかり過ぎだが。

奴に出会って、「くだらない世界を面白くしてみないか」と言われた。初めは気味の悪い冗談《じょうだん》だと思っていたが、その尋常《じんじょう》ならざる様子から本気だとわかってきた。

自分は体を借りているだけでこの人間とは違うと言った奴は、千尋と魂《たましい》を入れ替えることでそれを証明した。

人格が入れ替わるなんて嘘《うそ》みたいな事象を、体験できるとは夢にも思わなかった。

それから幾度《いくど》か奴と会った。

奴が今のターゲットにやってきた内容を話し、代わりに千尋は個人的な話を答えさせられた。後に確認したところ面接の意味合いもあったらしい。その問答《もんどう》のおかげで、自分の考えもクリアになった気がする。

そして合格を言い渡され、自分は力を得た。

交換条件は、奴らを面白くするという簡単なものだ。

力を使用した感覚は、この上なく最高だった。

初めに八重樫《やえがし》太一をターゲットにした判断は、間違っていなかったと思う。バカなお人好《ひとよ》しは、予想通りにはめやすかった。

思えば文研部《ぶんけんぶ》の過ごした一年間と、その人間関係を部活の仲間として共有しようと、昔話をされた経験があるのも幸運だった。その時話を聞いていたおかげで、揺さぶり方の方針《ほうしん》が立ったのだ。

第一段階は概《おおむ》ね成功、と言って構わないだろう。

前調べを経《へ》て用意したセリフがズバリはまった。予想以上に動きが出た流れは痛快《つうかい》だった。見知らぬ人間になるパターンに問題がないとわかったことも、大きな収穫《しゅうかく》だ。

方向性は間違っていなかった。これを続けていこう。

当然やろうと思えばもっと凄《すさ》まじいことも可能だ。でもそれはスマートじゃない。誰にでもできる発想じゃ、自分が選ばれた意味がないだろ？

これは、自分が更に上の次元に向かうためのステップでしかない。

しかしせっかく自分が関わるのだ。奴らには踏み台になって貰う恩もある。

だから、教えてやろうと思う。

あんたらが信じ切っている絆《きずな》がどれだけ脆《もろ》いものか。

今自分にはそれしかないと思い込んでいる恋愛がどれだけ儚《はかな》いものか。

青春に酔《よ》うのは勝手だ。それはそれでよいことだと思う。

でも、だとしても現実を知らなきゃいけない。

バカみたいにバカなことを信じ切ってずっと生きていけるようには、この世界はできていない。自分は知っている。だから教えてやるのだ、この世の道理を。

こんなに愉快《ゆかい》な力を与えてくれた〈ふうせんかずら〉には心の底から感謝したい。

□■□■□

千尋は始業時間にかなり余裕を持って学校に到着した。最近日課になりつつある。

どこか目的地があるフリをして、校舎内、特に文研部の上級生が出没《しゅつぼつ》しそうな場所を重点的にふらつく。一番好ましいのは二年生の教室がある階だが、何度も足を運ぶのは目立つので気が引ける。

もっと積極的に練《ね》り込んだ策を弄《ろう》するべきだろうか、とも思う。しかしこれまでを振り返っても突発的なイベントが意外に上手《うま》くいっている。シナリオを書くのも限界があるから、もっと流れに任せるのも悪くないかもしれない。

職員室近くで、ふと見覚えのある後ろ姿を見つける。黒髪をたなびかせ、歩くだけで映画のワンカットを生み出してしまう、永瀬伊織《ながせいおり》だ。

凄《すご》い美少女がいる、そう噂《うわさ》されるのもわかる話だ。低次元なことにしか興味がない奴らにとっては、格好《かっこう》の対象物になるだろう。

〈ふうせんかずら〉から与えられた能力を、――奴は「……名前？　……そんなもの特にないですけど……」と言っていたので――、自分で『幻想投影《げんそうとうえい》』と名付けた。

『幻想投影』は相手に自分を全く別の誰かと勘違いさせてしまう力だ。

発動条件は至ってシンプル。相手の前で、ただ宣告すればいい。

千尋は背後から距離を詰める。知り合いらしき人影はない。短時間ならば大丈夫だろうと判断した後、口を開く。


「【永瀬伊織にとっての八重樫太一】」


声は他の誰にも聞かれず、永瀬にはしっかり届いただろう。

しかし永瀬はその千尋の声を認識できていないはずだ。それは、さながら催眠《さいみん》の合図なのだから。

千尋【太一】が声をかける。

「おう、永瀬」

「ん？　あ、おはよう。太一」

振り返った永瀬が答える。

今の永瀬伊織は、宇和千尋のことが寸分違わず八重樫太一に見えている。姿形、声、仕草《しぐさ》、その全てがそう見えてしまう。それが『幻想投影』だ。

と言っても、もちろん千尋の体が八重樫太一の体に物理的に変化するはずもない。相手に暗示をかけ、そう思い込ませているだけだ。

なんでも脳の信号に干渉《かんしょう》するらしいのだが、説明をし出したかと思ったら「ああ……なんで原理の説明なんて……要らないのに……。そうなるんだからなると理解しておいて下さい……」と話を打ち切りやがったので詳しくはわからない。

『幻想投影』は相手の脳に直接働きかけるから、当然他の周りの人間には、宇和千尋にしか見えない。なので周囲には気を配《くば》る必要がある。

「少し、話いいっすか」

普通の口調でも、永瀬伊織には八重樫太一の口調に変換されて聞こえている。千尋にも、千尋が話すのに少し遅れる形で、その変換された声が聞こえている。

服装の違いはもちろん、持ち物の、例えば携帯電話《けいたいでんわ》の機種《きしゅ》の違いも相手の脳内で勝手に補完されるから、一対一なら絶対に偽者《にせもの》だとばれることがない。

ただし『幻想投影』は、太一達文研部の二年生五人に対してしか使えない。

それが〈ふうせんかずら〉により今の自分に課せられている制限だ。

「……うん、いいよ」

永瀬は少々躊躇《ためら》いがちに頷《うなず》いた。最近太一と気まずい雰囲気《ふんいき》になっているためだろう。

もろに千尋が仕掛ける攻撃の影響だった。

「最近、好きな人できたんですか？」

「またそういう話題を……」

永瀬は不機嫌《ふきげん》そうに顔をしかめた。

「……いや、別に出したらダメな話題でもないしさ。いいんだけど、いいんだけどさ。なんか、最近変な流れになってるじゃんか。なのに『今聞く?』みたいな。太一ってそこまで空気読めない子じゃないと思うんだけど……」

「聞きたいんだ」

千尋【太一】は強めに言った。強めに言えば、それに準《じゅん》じた変換を行ってくれる。永瀬の目には、さぞかし力強い声をした【太一】が映っているだろう。

「だからっ……さあ……」

そして最近わかったことなのだが、永瀬伊織は意外に押しに弱い。

独断専行《どくだんせんこう》、猪突猛進《ちょとつもうしん》。そんな言葉が似合うくらい、普段は自由に振る舞ってやりたいことを押し通す人間に見える。だが永瀬は自分が押す際には強いのと同時に、相手に強く押されると実は弱い。

多くの人間が気づいていないことだ。でも自分は気づいている。

永瀬が黙《だま》り込んでしまった。

人通りがある場所で、長時間『幻想投影』をやっているのはリスクが高い。

「やっぱさっきの質問いいっすよ。じゃ、用があるんでいきます」

言って、千尋【太一】はその場を立ち去る。

永瀬がなにか言おうとしていたが無視する。

『幻想投影』の解除条件は、暗示のかけられた人間が、『力を発動させた者が（つまりは千尋が）自分の前から去った』と認識した時だ。今の状況なら、廊下の角を曲がって永瀬の視界から完全に千尋が消えれば、永瀬の『幻想投影』は終わる。宇和千尋が目の前に現れれば、宇和千尋が現れたとちゃんと認識する。

角を曲がる。これで今回の分は終了。

しかし恋愛。友情。恋愛。友情。

ああいう奴らは本当によくやるものだ。

□■□■□

二時間目終わりの休み時間、体育祭で同じ緑団となる二年四組の応援合戦代表者が、千尋のクラスである一年二組に来訪《らいほう》した。昼休みに練習をやるから来いという話だった。

「めんどくせえ」

前の席に座る下野《しもの》が体を捻《ひね》り、千尋の机に突っ伏す。

「邪魔《じゃま》だよ」

頭を軽く小突いてやると下野が体を起こした。セルフレームの黒縁《くろぶち》メガネに無造作《むぞうさ》ヘア。勉強も運動も結構センスがある方だと思うが、いつも気怠《けだる》そうで本気を出さないからそこそこ止まりの奴だ。

「体育祭とかかったるいよな。いや、体育祭自体は授業なくなるしいいんだけど、応援合戦の練習を何週間も前からやるとかうざい。てかうざいを通り越してうざざざい」

「俺にとっては今のお前の方がうざい」

「うふっ」

後ろから笑い声が漏《も》れ聞こえた。

振り返ると、円城寺《えんじようじ》紫乃《しの》が「しまった！」という顔で口を押さえて突っ立っていた。

「なんだよ」

「な……、なんでもないっ」

「ことはないだろ」

「うぐっ」

「うぐっ、じゃねえよ」

円城寺があからさまに浮き足立っている。小さくてふわふわした奴だから、突風が吹けばこのまま飛んでいきそうだ。

円城寺は恥ずかしそうに俯《うつむ》いてごにょごにょと口を動かす。

「ち、千尋君が……じゃなかった！　宇和君！」

クラスでは下の名前で呼ばないんじゃなかったのかよ。気づくのが遅えよ。

ごほんと咳払《せきばら》いをしてから改めて円城寺は言う。

「あの……宇和君達の話が……面白かったから」

「盗み聞きか。てか面白いところあったか？」

「たっ、たまたまだよっ。面白いのは、なんとなく」

感性のわからん奴だ。

「円城寺さん、俺も面白かったわけ？」と下野が聞く。

やめとけよ、と思ったが口には出さない。

「う……うん。下野君の、うざざざい、感じが」

「ほらな宇和。お前のスルーした俺の面白さが円城寺さんには伝わってるぞ」

「よく聞け下野。お前はただうざいと言われただけだ」

「な……、俺はうざざざくないぞ！」

下野が全力のおどけた声で言う。

「は……はは……」

響いたのは、乾《かわ》いた円城寺の愛想笑《あいそわら》いだ。

完全に滑った。このまま続けても盛り上がりそうにない。

下野も気まずそうにしているし、とっとと切り上げよう。

「つーか円城寺、なんか用事あったんじゃないのか？」

「あ……そ、そうだ！　智美《ともみ》ちゃんにノート返して貰うんだった。……あの、じゃ」

円城寺は下野に頭をちょんと下げると、教室の前方に歩いていった。

その後ろ姿を見届けながら、にやついた下野が呟《つぶや》く。

「なあ、円城寺さんに千尋君って呼ばれてるんだな。付き合ってんだろ？」

くだらない質問だ。でも定番の質問だ。ああいう流れがあったら尋《たず》ねるのがルールだろう。下野はただ、くだらないルールに従っているだけだ。

「違えよ。部活で他の人に合わせて、円城寺もそう言ってるだけだ」

「ふーん」

下野は疑わしげな目をしていたが問い詰めてはこなかった。ルールに従って振る舞いはするが、ちゃんと空気を読む奴だから、下野のことは嫌いじゃない。

「円城寺さんなぁ〜。内気なとこと子供っぽい感じで若干《じゃっかん》損してるかなー。結構可愛いんだけど。なんか、彼女よりペットにしたい雰囲気だな」

「それがお前の性癖《せいへき》か」

「おい、珍《めずら》しくボケたな宇和」

バカにしただけなんだが。

「あ〜……、けどなんっつうの」

下野が教室を見渡す。釣られて千尋も首を巡らす。一人でいる奴、二人でいる奴ら、三人でいる奴ら、皆が思い思いの島を作って休み時間を過ごしている。

「男女の距離遠いよなぁ」

下野の呟きに、ああ、と千尋は声を漏らした。

男子は男子、女子は女子で固まっている。男女で話している固まりは見当たらない。

「休み時間なんてこんなもんだろ」

「もうちっとあってもいい気がすんだけど……。あ、今俺が円城寺さんと話してたじゃん。これを口火《くちび》にして戦線を拡大していけば……」

「前線張る気は？」

「ゼロ」

「じゃあどうしようもねえな」

「つーか宇和が張ればいいだろ宇和が！　宇和のが仲いいんだし。お前が先につっこんで上手くいったら俺も続く！」

「俺が爆死《ばくし》したら？」

「ゆっくり休める場所を用意して全力で待っててやる」

「つまり見捨てるってことじゃねえか。やっぱどうしようもねえよ」

「え～、頑張れよ宇和～。お前の成功を見届けたら俺もいくからさ～」

無責任だが正直なだけ好感を持てた。自分も人のことを言えた義理ではないし。

視界の端《はし》で教室前方の引き戸が開いた。外から背の高い男子が帰ってくる。

「あ、おい多田《ただ》」

多田に下野が声をかけ、更に片言で伝える。

「今日、放課後、応援団、練習、アリ」

「はぁ～⁉　聞いてないって！」

オーバーなリアクションで多田が喚《わめ》く。少し長めの茶髪と腕《うで》につけたアクセサリーが示すようにチャラけているが、話してみると結構気のいい奴だ。前に立つのに向いてそうなのだが、本人はその類《たぐ》いを嫌っている。「無理無理。俺は後ろでチャラチャラしてるくらいがちょうどいいんだって」とは本人の弁《べん》。

「マジ聞いてね～」

「今聞いたろ」

「へい宇和つっこみさんきゅ。……てかマジで。また練習って……直前だけでいいだろうがよ～！　だからやりたくなかったんだよ～！」

嘆《なげ》く多田に、飲んだくれた親父よろしく下野が言う。

「じゃん負け三兄弟、これからも仲よくしようや」

「やめろおおおお。負のオーラがついて離れなくなるだろおおおお」

しょうもないミニコントを演じ、下野と多田がゲラゲラ笑う。

あまりのくだらなさに千尋も笑った。

「おうそうだ。お前ら昨日の十時からなんのテレビ見てた？　もちろん――」

話し始めた多田の言葉を、千尋は意識に留めず右から左へ流す。そうすると、多田の声が意味のある言語に聞こえなくなった。同様に、合わせて喋《しゃべ》る下野の声もだ。

意味のない、なにも生み出さない、この世のどこにも残らない雑音が流れていく。

自分がそう感じていたって、多田と下野は気づかずに喋り続ける。

ここは、自分達がいるのは、そういうくだらない世界だ。

でも、今の自分の世界はそうじゃないんだ。

□■□■□

能力の確認も含めた試運転《しうんてん》の期間を経て、数日。もう文研部の二年生五人には、最低一人一度ずつ力を行使《こうし》していた。

昼休み、千尋は食事を済ませてから校舎裏を訪れる。

木陰《こかげ》に隠れて、ちょいと手を回して呼び出した青木《あおき》が、指定の場所にいるか確認する。

いた。青木義文《よしふみ》だ。

物は試しだし、いつも散々宣言していることが本当かどうか確かめてみよう。

少し距離があった。

千尋は青木まで届くように声を張る。


「【青木義文が恋愛対象として好きな人物】」

青木がふっと振り返り、間抜けな笑顔を見せる。

「あ、唯《ゆい》」

ちゃんと『幻想投影』は発動したようだ。

『幻想投影』は相手の脳内にあるイメージを使って錯覚《さっかく》を起こす力であるから、人物名を指定せずとも発動できる。逆に相手の脳に依存《いぞん》するが故、相手が知らない人間や、相手が『絶対にここにいない』と強く思っている人間、極論《きょくろん》を言えば死んだ人間にはなれない。更にどうしても解消しきれないレベルの矛盾《むじゅん》が発生した時は、大変なことになるらしい。

そして——、やはり、青木の好きな人間は桐山《きりやま》唯で間違いないようだ。

これが違う人間だったら面白かったのに。

「どったの唯、呼び出しなんかしちゃってさ~?」

軽い調子だ。わざわざ人気のない場所に呼び出されているのに、身構える気配もない。普通なら重大な告白かなにかと思うだろうに。まさか、そうやって『いつも通り』に振る舞うことで、相手の固さをほぐすなんて真似《まね》をしているとは考えられないし。

「あ~、うん、まあ、なんていうか」

素で、少し言い淀《よど》んでしまう。

補完《ほかん》は完璧であるから、自分は普通に喋るだけで、相手には桐山唯の声や口調に思えるとわかってはいる。だがそうは言っても完全に男口調で声を発するのは、バレやしないか躊躇われる。かと言って、自分が女口調を模《も》すのは気持ち悪過ぎる。

青木は優しさのこもった目で千尋【唯】を見つめてくる。

……気持ち悪い。絵面で言えば、男と男が見つめ合っているのである。

気を取り直して、千尋は話し始める。

「お願いがあるの」

女口調になってしまった。意識し過ぎだ。

「おう、唯のお願いならいつでもなんでも大歓迎さ！」

本当に、どんな望みでも叶《かな》えてやると言わんばかりだ。

根拠《こんきょ》ゼロのくせに平気で妄言《もうげん》を語るから、この種の人間は恐ろしい。

その恐ろしさはどれほどのものなのか、千尋は実験してみたかった。

「内容については詳しく言えないんですけど、ある事情があって、どうしても青木さんに頼まなくちゃいけないお願いがあるんです。大丈夫ですか？」

千尋【唯】はいつもの口調で言う。

「任せろっ！」

「じゃあ、これから俺がいいって言うまで、たとえいつ何時《なんどき》でも話しかけないで貰えます？　ホント、言えないんですけど事情があって。こっちから話しかけることがあっても、露骨《ろこつ》にならないよう、上手《うま》い感じに誤魔化《ごまか》して無視して貰えますか？」

「……オレが……唯を……無視すんの？」

「そうです」

青木は呆《ほう》けた顔をする。

その気持ちもわかる。自分がされても、意味がわからない頼みだと首を傾《かし》げるだろう。

事実、意味ないし。

「もちろん、もう二度と喋りたくないとかじゃないです。どうしても、事情があって。……っ

このお願いを解除する時は、またここに呼び出して『もういい』って言うんで。……っ

て話なんですけど、大丈夫っすか？」

押し黙って、青木が下を向き考え込む。いや……流石《さすが》にそれはオレの体力的に……、

となにやらぶつぶつと呟いている。

まあ流石に無謀《むぼう》な要求だろうと思い、千尋【唯】が撤回《てっかい》しようとした、その時だ。

「よしっ、わかった！」

おいおい、わかったって……と千尋【唯】は心の中でつっこむ。

「オレが唯を無視する！　そういうフリをすればいいワケだ！」

「え？　あ、はい」

「はっきり言って理由とか意味とか全然想像つかないんだけど、唯からの頼みは全力全開、余裕で絶対叶える宣言しているオレだ！　大船に乗ったつもりで任せろ！」

もう迷いなど欠片《かけら》ほども残っていないみたいに、青木は胸を張って断言するのだ。

圧倒される。むしろ、引く。

意味不明な頼みをこうもあっさり承諾《しょうだく》するものなのか。そこに、どんなロジックが

あるのだ。気持ち悪くて、理解できない世界だ。

眩《まぶ》しく思う時もあったかもしれない。でもその世界に入りたいとは思えない。こちら側とは限りない断絶《だんぜつ》がある。

だいたい圧倒的な力を手に入れてしまった自分は、もうそちらにいく必要もない、か。


そして迎えた部活の時間だ。千尋は珍しくいの一番に部室に駆けつけた。

しばらくすると、桐山唯と太一がやってきた。

「あ、千尋君が一番なんだ。珍しいね」

唯がぱっと顔を明るくして、頬《ほお》を緩《ゆる》ませる。

「……なんで嬉《うれ》しそうなんですか？」

「だって〜、千尋君も文研部を凄く好きになってくれたら嬉しいじゃな〜い」

「そんなこと一文字たりとも言ってないですけど」

「態度でわかるのっ！　態度で！」

むきになった唯がびしびしと千尋を指差し主張する。キリッとした眉《まゆ》がよりキリリと、多少つり気味の目がより上がり調子になる。けれど体の小ささもあってかキツイ印象にはならない。ほほえましさすら感じる。

「決めつけっすか」

「決めつけよ！」

断定されてしまった。とんだわがままお嬢様《じょうさま》だ。

「桐山と千尋は、二人だとホント楽しそうだよな」

「どこが」「どこがよ」

二人で太一につっこむ。

……被《かぶ》ってしまった、と千尋は顔を歪《ゆが》めたのに唯は気にした様子がなかった。なぜか、胸がもやりとした。

「あー、でもなんとなーく今日はいい一日になりそうだなー」

唯が言うと太一が返す。

「もう今日は半分以上経過してるけどな」

「わざわざ指摘《してき》しなくてもわかってるわよ！」

いい一日、ね。

今日はいい一日になるかもしれませんよ唯さん——千尋は心の中で呟いた。

「なにか面白いことでもあった、千尋君？」

「い、いえっ、なにも」

顔を覗《のぞ》き込む唯の綺麗《きれい》な瞳《ひとみ》から、千尋は横を向いて逃れた。

それからも部員が順に集まってきて、ついに、青木がきた。

「おーっすみんな！　そしてゆ……うむがふしゅ!?」

奇妙な声を発して青木が両の手で口を押さえている。

「おい、キモイぞ」

稲葉が感慨《かんがい》もなさそうに告げる。

「せめて感情込めてよ稲葉っちゃん！　当たり前の事実みたいに言わないで！」

永瀬が円城寺に向かって話しかける。

「今のは仕方ないな！　ねえ、紫乃ちゃん」

「はい、キモかったですから」

「わかってますから！　ホントごめんなさい！」

「なんなのよ、あんたは」

溜息《ためいき》を吐いてから唯が一言。

沈黙《ちんもく》。

無音。

青木の方を見ていなかった唯が、「あれ？」という表情で振り向く。

青木は黙って、唯の斜め前の席に着く。

室内に妙な空気が流れている。他の皆も、青木の方を見る。

「てか青木……さっきのはなんだったんだ？」

その空気を蹴破ったのは太一だった。

青木が救われたような顔をする。

「さっきのは……ちゃんと約束を守ろうと思っていたのに、つい癖《くせ》でやってしまいそうになって……なかったことにしたんだ！　習慣、あな恐ろしや」

「意味がわからねえよ」と太一はつっこんでいた。

部室に元の空気が戻ってくる。各自が活動の準備を始める。

その中で一人千尋は下を向いて、ついに堪《た》えきれず——ほくそ笑んだ。

やばい。ばれる。そうは思うが、口のにやけは止まらない。

面白過ぎだ。ほんの冗談で考えついたことを口にしたら、必死こいて実現しやがるのだ。バカさ加減が笑える。そしてそこまで辿《たど》り着いてしまった自分の凄さに痺《しび》れる。もう一生、誰かに劣等感《れっとうかん》を覚える日はこないだろう。

「千尋……君？」

はっ、として声のした方を向く。円城寺だ。

「な、なんだ？」

「え……えと、下を向いて震えてるから、どうしたのかな、って」

隣では永瀬と稲葉がわーわー喚き合って、太一がそれを仲裁《ちゅうさい》しようとしている。

「ああ……、なんでもねえよ」

「……そう」

円城寺がひとまず頷く。しかしまだ気になるのか、千尋をちらちらと見てくる。

ひやりとした。まさか自分の秘密に勘づかれた訳ではないだろうが。

と、唯が青木の方に体を向けた。

千尋は耳をそばだてる。太一達はまだ騒いでいて、いつの間にか永瀬が円城寺もやり取りに巻き込んだ。今部室内で、唯と青木の会話に注意を払っているのは自分だけだ。

「ねえ青木。今日の体育の授業でさ」

唯が青木に話しかける。

一拍、二拍、三拍。

青木は反応を示さない。

「あの……青木――」

「おうっと、ちょぃトイレ行ってきます！」

宣言と同時に立ち上がり、青木は慌ただしく部室を出ていった。

「青……木……？」

親に置き去りにされる子供のように唯は手を伸ばしかけ、すぐ手は墜落《ついらく》した。

栗色のぴかぴかと光る長髪の陰から表情が覗《のぞ》き見える。

悲しそうな顔だ。

寂しそうな顔だ。

なんで、そんなにも泣きそうな顔をしているのだ。

いつもいつも、いつもいつも道場で、青木という奴がいて青木という奴が面倒臭《めんどうくさ》くて青木という奴をどうにかしたいと、嫌にならないのかというほど言っていたクセに。

結局桐山唯は――。

――ま、別にいいけど。

□■□■□

下校時、駅で皆と別れ一人になる稲葉姫子《ひめこ》を狙う。この頃千尋は「家の事情でしばらく早く帰る必要があるから」と、部活終了の少し前に部室を出ていた。

駅の改札を出た先で待ち構え、近くに人がいないタイミングを見計《みはか》らい――。

「【稲葉姫子が一番好きな人物】」

「え？　太一？」

なんの驚きも意外性もなく、稲葉は千尋を、八重樫太一と錯覚し思い込んだ。

「どうしたんだ？　普通に帰ったんじゃ……ま、まさかアタシに会いたくて……」

稲葉が勝手な解釈《かいしゃく》をして、勝手に照れ始める。

頭脳明晰《ずのうめいせき》で本気を出すと凄いんだから、と唯は稲葉を称するがとても信じられない。

ふと気になったのだが、この二人はどこまで進んでいるのだろうか。

「なあ、太一。なんならアタシの家に――」

「俺達、別れようか」

千尋【太一】は言った。本当はもう少しやわらかく持っていくつもりだったが、無駄《むだ》に幸せそうな稲葉を見ていると一気に叩きつけたくなった。傷つけたくなった。

「……え？」

歪んだ笑顔のまま、稲葉の時間が止まる。

悲しそうな唯の顔が浮かぶ。

なぜ浮かぶ。関係ない。

今日の『幻想投影』による企《たくら》みは全て成功している。

問題はなく完璧だから喜ぶべきなのに、どういう訳か無性に苛立《いらだ》たしい。

「うっとうしい。うざい。正直、飽きた」

太一になったつもりで、その中の一番残忍《ざんにん》な部分だけを濃く抽出《ちゅうしゅつ》した気分で、稲葉を貫く、突き刺す。

「……え？」

稲葉の顔が、この世の終わりを知ってしまったかのようになる。

実感する。

自分は、誰かの世界を終わらせることができる。

言ってみれば自分は、ある種の、神なのだ。

自分ほどの人間が、なにに苛立つ必要があるんだ。些事《さじ》に囚われてどうする。自分はこの程度で終わらない、もっと上にいくのだ。

「なんて、冗談ですけどね」

稲葉に対するいつもの自分の口調に戻して、千尋【太一】は言う。

「え……あ……冗談？」

「そう、冗談っすよ。たい……俺がそんなことという訳ないじゃないですか。もう、今言ったことは忘れて下さい。明日、話題にしたりしないで下さい」

「あ……うん。だよな……、うん」

稲葉はほっとしたような泣き出すような複雑な顔で、己に言い聞かすように呟く。

「じゃ。約束は守って下さいね」

「え？　ああ、うん。……ま、また明日な！」

振り返らずに、千尋【太一】は稲葉の視界から消えていく。

絶対に離れない、二人の絆は完璧だ、そんな繋がりが言葉一つで簡単に揺らぐ。

人と人との繋《つな》がりはこんなにも脆くて呆気ない。にもかかわらずそれに必死になるなんて、バカげていると思わないのだろうか。皆も、そして彼女も。

この世界はくだらないと思っていた。

しょうもない固定観念《こていかんねん》や、しょうもない世界のルールに囚《とら》われている人間だらけで、自分もそこに埋もれるしかないのだと諦めていた。

けれど自分は選ばれた。選ばれて力を得た。

今なら言える。

この世界は最高に面白い。

そうだろ？

四章

開いた扉は閉じられない

○月×日　晴れ

おかしい。間違いない。先輩達の様子がおかしい。おかしい……んだけど、全体的になにがどうおかしいんだって考えたら、全然わからない。

どうしよう。できることがあったらしたいし、いつもの先輩達でいて欲しい。

だからお話を聞いてみた。今度こそ自分でもやってやるんだって意気込んでた。

でも今度もなにもできなかった。……いいんだ、わたしなんかにやれることは一つもないってわかってるから……ってダメダメ！　ネガティブ思考やめ！　次は、次こそは。

……でも、なあ。実際わたしは、見ているしかできない訳で。ああ、うう。

そう言えば、千尋《ちひろ》君も最近ちょっと変わった気がする……。強そうというか、偉《えら》そうというか……誰かに会ってなにかを得た、というか。

＋＋＋

宇和《うわ》千尋の家庭――宇和家は、ごくありきたりな家庭だと思う。

父、母、千尋と弟の四人家族。住居は二十五年ローンで購入した三ＬＤＫの分譲《ぶんじょう》マンション。会社勤《づと》めの父親の収入はまあそこそこ。贅沢《ぜいたく》ができる訳ではないが、クビにならない限りはローンや養育費《よういくひ》にも困る心配もなさそう。平均的な中流家庭という訳だ。

朝、簡単なサラダとトーストが並ぶ食卓《しょくたく》に、父親と千尋、弟の男三人が座る。母親はキッチンで兄弟二人分の弁当を調理中だ。

千尋はバターをつけて、トーストを囓《かじ》る。

特に会話はない。

父親はコーヒーを飲みながら新聞を読んでいる。弟は昨日もまたチャットやらゲームやらで夜更かししていたのか、まだ半開きの目でもそもそと口を動かしている。

テレビから流れる音だけが虚《むな》しく響いている。

何回、何十回、何百回と繰り返した、いつもと変わらぬ朝だ。

父親が身支度《みじたく》を整えるために席を立った。新卒の頃からずっと勤め上げてきた会社に、今日も出社するのだ。

自分も将来こうなるのだろうと思っていた。自分も間違いなく父親と同じルートに、世間のある程度の人なら大抵が辿《たど》るルートに乗っているのだ、と。

格別《かくべつ》不満に感じたことはなかった。十分に普通で、日本全体の所得《しょとく》構成を考えればちゃんと勝ち組と言える人生だ。そのどこに不満を覚えるのだ？

上には上がいるとはわかっている。しかしそれは望んでも仕方のないことだ。だから自分は憧《あこが》れないし、羨《うらや》まない。上にいける奴というのは、生まれた時から決まっている。それは才能であれ地位であれ金であれ――初めから持っている人間だ。

持てる者と持たざる者がこの世の中には存在し、その差異は決定的である。それは純《じゅん》然《ぜん》たる事実だ。

空手道場で、桐山唯《きりやまゆい》という天才を見た時もそうだった。

少女は一人レベルが違った。しかも練習が終わればニコニコと明るく元気で、毎日の幸せを謳歌《おうか》しているように見えた。楽な練習ばかりではないとはいえ、血反吐《ちへど》を吐いたり泥水を啜《すす》ったりするほどの努力はせず、才能で以《もっ》て成績を残し、それ以外のことも他の子と同じように楽しんでいる。加えて外見もよく男子に人気もあるときた。完璧だ。

勝とうとも、勝負しようとも思わなかった。ただ次元が違う人間だと理解し、遠くから眺《なが》めていた。見かけ上は距離が近く仲がよい風に見えても、遠かった。

そしてある日、唯は忽然《こつぜん》と道場に来なくなる。学校が違うため会うこともなくなる。

そしてまたある日、唯は道場に帰ってくる。同じ学校に通うことになる。

妙な宿命《しゅくめい》だ。

とはいえ数年空手から離れていたのだ、昔と比べて随分《ずいぶん》大人しくなったという噂《うわさ》も聞いた。だから落ちぶれているんだろうと思った。

それなのに、彼女は以前よりもっと燦然《さんぜん》と輝いていた。

反則じみていた。空手だって少し経てば勘《かん》を取り戻してしまった。

この世に生を受けた時持つもので、ほとんど人生は決まっている。

別にそんな世の中を非難したい訳じゃない。変えたい訳でもない。

だって世界はそういうものだから。自分はそれを知って、分相応《ぶんそうおう》に弁《わきま》えている。バカな夢を見て、バカな失敗をするバカな奴らとは違う。自分は正しい道を歩んでいる。

――と思っていたのだが。

「じゃあいってくる」

父親が食卓とキッチンに向かって声をかけ、部屋を出ていく。

「はい、いってらっしゃい」

母親が返す。

弟が無言で席を立ち、洗面所に向かう。いつものように時間をかけて髪の毛をセットするのだろう。

弟の皿にはトマトが手つかずで残っている。これもいつものこと。いい加減母親も、食べないとわかっているのだから、弟の分には入れなければいいのに。

いつも通りの光景《こうけい》が、宇和家では展開されている。

けれど本当は激変しているのだ。

〈ふうせんかずら〉のおかげで、目に映る世界が変容《へんよう》した。自分が変わったのだ。

今となっては認めざるを得ない。この世の道理をわかって弁えていると嘯《うそぶ》きながら、
結局は全然諦められていなかった。

どこかから降ってくればいいと、自分には降ってくるんじゃないかと胸の奥で思っていた。願っていた。

自分は、その他大勢とは違う。

自分は、持てる者になる権利がある。

自分は、人よりも存在価値がある。

本当に今自分は、望み通りになれている。

□■□■□

「知ってっか。体育祭に向けて競技《きょうぎ》の練習してるクラスあるらしいぜ」

移動教室が終わり自クラスに戻る途中、下野《しもの》が言った。

「マジか。どうせ二、三年だろ？」

ここの学校は無駄《むだ》に熱いところがあるし、と考えながら千尋が返す。

「いや、一年でもやってるとこあるらしいんだって。二、三年に影響されたらしくて」

「そんな――」

「そんなばっかなー！」

多田《ただ》が千尋のセリフに被《かぶ》せて割り込んできた。ついでに千尋の肩に腕《うで》を回してくる。

「熱いのはご勝手にって感じだけど練習は引くわー。俺らマジ負け確定だしさー。しかも最近蒸し暑いしさー」

「暑いと思うなら腕をどけろ。暑苦しい」

千尋が邪険《じゃけん》に多田を引きはがそうとしていると、下野がグラウンドの方を指差す。

「おい見ろよあれ」

グラウンドで、七、八人の生徒が制服のままリレーのバトンパスの練習をしている。

「いやいや、まだ三週間くらいあんじゃん。どんだけ必勝態勢敷《し》くんすか」

下野が言う。

「だよな。二、三日前ならまだしも」

千尋が首肯《しゅこう》して呟《つぶや》くと、多田がつっこんだ。

「うちのクラスじゃ一日前でもありえねくね？」

「いや……うちでも……！　奇跡が起きれば……！　一日前には……うん、ないか」

「ないのかよ」

下野と多田が「わははは」と顔を見合わせて笑う。その笑いは、ほんの少しだけ、場を取りなすために無理に笑ったようにも思えた。

と、円城寺《えんじようじ》紫乃《しの》がぼうっとグラウンドを見つめているのに気づく。教科書とノートを抱え、風に煽《あお》られたのをそのままにしているのか、ふわんふわんの茶色い髪がくしゃくしゃと乱れている。

なんとなく、本当になんとなく、千尋は並んで歩く下野と多田からわざと遅れる。そして円城寺の隣まで来たところで立ち止まる。下野と多田は千尋の離脱《りだつ》に気づいていないのか、そのまま歩いていく。

「なに見てるんだよ円城寺」

「はっ、はい……！　あ、ちっ、ひー……ううん！　じゃなくて、宇和君」

「おい、『千尋君』って呼ぶのを途中で無理矢理修正しようとして、永瀬《ながせ》さんが使うあだ名っぽくなってるじゃねえか」

まさか隠れて『ちっひー』と呼んでるんじゃあるまいな？

「ごっ……ごめん。あの……つい……クセで」

俯《うつむ》き加減で円城寺がごちょごちょと言う。千尋は溜息《ためいき》を吐《つ》いた。

「もういいよ。教室でも『千尋君』て呼べよ。どうせ使い分け無理そうだし」

「うん、ごめんなさい。これからは絶対間違えないよう注意して、ちゃんと名前を呼ぶ前に深呼吸をして『よし』ってなって、それから宇和君て……って千尋君でいいの!?」

「お前それわざとやってないか？」

前にも似たやり取りがあった気がする。持ちネタか。

「ごっ、ごめん……。わ、わざとじゃないんだけど……。それでっ。えーと……、えーと。あ、なにを見てるかだよね」

「訊《き》かれたことは律儀《りちぎ》に覚えてるんだよな、円城寺は」

とろくて処理速度が遅いだけで、頭が悪いのとは違うらしい。

「あれ、さ」

円城寺がもう一度グラウンドの方を振り向く。

「伊織《いおり》先輩とか太一《たいち》せんぱ——うわわっ!?」

円城寺は指を差そうとしてペンケースとノートを取り落とした。

訂正《ていせい》。やっぱり頭はよくない。

千尋はグラウンドを眺める。確かに男子四人女子四人の集団の中に永瀬伊織と八重樫《やえがし》太一がいる。永瀬はリレーのバトンを持っていた。

今は皆が固まって話し合っている。と、誰かが面白いことを言ったようだ。何人かが仰《の》け反《ぞ》り、何人かが前屈《まえかが》みに体を動かす。声なんて届かない距離なのに、笑い声がはっきり聞こえてくるようだ。

胸の奥がざわっと揺れる。

「二人がいるってことは……二年二組か」

どうでもいいことを千尋は呟く。

「なんか、凄いよね」

円城寺が囁《ささや》いた。

「……なにが？」

「なにがだろ？」

円城寺は首を曲げて曖昧《あいまい》に笑った。ただ表情を誤魔化《ごまか》しただけにも見えたし、言葉の意味は自分で考えろと突き放されたようにも思えた。お前なら、わかるだろうと。

多少、イラつく。

「いいなぁ、って思わない？」

「なにが？」

「なにがっ……だろ？」

次は自分の発言を誤魔化そうとしているだけだとわかった。妙に恥ずかしがっている。

千尋は再び視線をグラウンドへ向けた。永瀬が腕を前にならえの状態にして、皆を整列させている。太一がなにかバカを言ったのか、背の高い女子に肩を小突かれていた。

「千尋君……はっ」

勇《いさ》み過ぎたのか、息の吐き方に失敗して変なところで引っかかっている。

「なんだよ」

「あの、千尋君なら、もしかしたらわかってくれるかもって……えっと……その……」

上目遣いの円城寺を、千尋は見下ろして軽く睨《にら》む。変な仲間意識を持たれても困る。

「なっ……なんでも……ない」

しょげた顔で、円城寺は唇《くちびる》を結ぶ。情けなく下がった眉《まゆ》と諦めの色に染まる瞳《ひとみ》が、変に腹立たしかった。

だいたい自分はなぜ、こんなところで円城寺と話している。

円城寺と話す理由が、価値が、意味が、どこにある。太一達を眺める意味もだ。

太一達のいるあちら側と円城寺達のいるこちら側。自分はその枠《わく》すら飛び越えている。

千尋は歩き出す。早く教室に戻ってしまおうと、中庭を横切る。

「あ……ま、待ってよ、千尋君っ」

黙《だま》ったまま千尋は歩みを止めない——と。

偶然、桐山唯と青木義文《あおきよしふみ》が二人でいる場面にかち合う。向こうの二人が千尋に気づいている様子はない。

足を緩《ゆる》め、耳をそばだてる。少々離れた位置から二人の横顔を見る形になっている。振り向かれない限り視界には入らないだろう。

「昨日、約束破ったわね」

怒りを滲《にじ》ませた口調で唯が言う。周りに誰もいないので声は十分聞こえた。

「え、約束？」

「しらばっくれる気……！　このっ……………やっぱ、いいや」

唯は言い捨てて、歩いていこうとする。

「ちょい待ってよ！　意味わかんないよ！」

青木は大声を出すが、唯は完璧に無視。

「唯だって……今は解除してくれたけど……前の命令とか意味不明だったし」

「命令ぃ？　あんたなに言ってんの——よ？」

唯が千尋の視線に気づいて振り返った。目が合う。千尋が軽く会釈《えしゃく》をすると、青木もこちらに気づいた。

唯はバツの悪そうな顔でちょいと手を挙《あ》げると、その場から離れていった。苦笑いで青木も手を挙げ、別方向に歩いていく。

自分の引き起こしたことが、あずかり知らぬところで更なる衝突《しょうとつ》を生み出している。恐怖と興奮がない交ぜになった不思議な感覚に満たされる。

自分の新世界を、身を以て体感する。

「——ねえ、千尋君」

その声は、千尋の心を鷲摑《わしづか》んで冷たくさせた。

円城寺の声なのに、その澄《す》みに澄んだ声色は、真実をなにもかも映し出してしまいそうに思えた。

千尋は表情を固めて振り返る。

「先輩達……最近、変だと思わない？」

円城寺が千尋の目を覗《のぞ》き込む。なにかの色を見つけようとするかの如《ごと》く。

「どこが？」

「なんとなく……ギクシャクしてるというか……」

「どうだろうな。言われてみればそんな気もするけど。あれだ、体育祭が近づいて、気分が高まってるとかかもな」

「そう……かな？　そんな風には見えないんだけど……。あの、それで、もしかして」

円城寺はこちらに頭頂部を見せて下を向く。

煮え切らない態度に痺《しび》れを切らし、ほったらかしにして先に行こうとした時、円城寺が顔を上げた。目が合う。円城寺の目の中に、ちろちろと燃える松明《たいまつ》の火が見える。

「もしかして、なんだけど」

脳内で警告音。直感。その先を言わせてはならない。千尋はそう思った。

「それで、お前はなにがしたいんだよ？」

質問される前に質問をふっかけ、一時的に危機を回避《かいひ》する。

「え……なに……が？」

それで円城寺が、凍《こお》りついた。

よくわからないが、チャンス到来《とうらい》だ。ここでアクセルを踏めば誤魔化せる。

「そう、なにがしたいんだよ。お前は」

「わたしは……その……わたしは……」

強く燃えかけていた瞳の中の炎が消える。真っ黒な暗闇《くらやみ》になる。急に円城寺が、くすんでいくようにすら見えた。もうなにも気にしなくていいことは明白だった。

「先、教室行くぞ」

「……うん」

円城寺は、再び後ろからついてこようとはしなかった。

□■□■□

夜、自室のベッドに転がり千尋は考える。

『幻想投影《げんそうとうえい》』の力を得る代わりにあの五人を面白くすること——と言われても漠然《ばくぜん》としていて困惑《こんわく》したのだが、〈ふうせんかずら〉から聞き出すに、どうもあの五人の感情が大きく動くと、奴は『面白い』と感じるようだった（推測《すいそく》なので確証には欠けるが。奴は「その辺も……ご自分で考えて頂けるとありがたいんですけど……」と言っていた）。

五人の感情を動かす一番単純かつ効果的な方法は、完成され切っているかに見える五人の関係を崩すことだろう。「調子を伺《うかが》いに来た」と現れた〈ふうせんかずら〉も「まあ……いいんじゃないですかね……」と感想を述べていたし、それが正解だと思う。

文化《ぶんか》研究部《けんきゅうぶ》の五角形を崩すこと。五人の絆《きずな》を破壊すること。崩壊。消失。

不意に恐くなることがある。そんな罪を犯していいのかと、内なる自分が問いかけてくる。

しかしいつも最終的な返答は決まっていた。

仕方ないのだ、と。

〈ふうせんかずら〉は、もし千尋が上手《うま》く五人を面白くすることができたのなら、『幻想投影』を五人以外の人間にも行使《こうし》できるようにしてやると約束した。

『幻想投影』を全人類に使用できれば、自分はいったいいかほどのことを成せるのか。欲望が囁く。邪念《じゃねん》が切望《せつぼう》する。飲まれているのではない。自分が全てを飲み込んでいるのだ、間違いない。だって自分は、平凡な人種とは違うのだ。

もっと上にいく。上にいける。いかなければならない。

その踏み台だ。どうせ一生残るものでもない。高校時代の今だけのものだ。少し早めに取り崩したって、奴らも現実を知ることができるのだし、悪くないことだ。


翌日の学校。

千尋は稲葉《いなば》が一人でいるところを狙う。


「【稲葉姫子《ひめこ》が、一番命令を聞く人間】」


「おう、太一」

この条件でも稲葉が錯覚《さっかく》するのは八重樫太一だった。予想通りとはいえ、捻《ひね》りがない。

稲葉が笑顔で駆け寄ってくる。しかしその笑顔には、どこか陰《かげ》りが見える。ここ最近は随分と色々な悪事を仕掛けた、その表れだろう。

「稲葉さん、ちょっと二人きりになれるとこ行きません？」

千尋【太一】は言う。

「ふ、二人きりに……って。そ、それは今からか？」

稲葉が頬《ほほ》を赤らめて目を逸《そ》らす。稲葉は人前では見せつけるようにデレているのに、いざ太一と二人きりになると……まあ、恥ずかしがり屋な乙女《おとめ》チックな女の子にもなる。

冷めた目線で見ると相当痛い女だが、自らも酔《よ》えていたら可愛《かわい》くて仕方がない彼女かもしれない。

「そうです。今からです」

しばしの逡巡《しゅんじゅん》の後、稲葉は首を縦《たて》に振った。

千尋【太一】は、稲葉を部室棟の一室に連れて行く。文研部室の半分くらいの大きさで、年季《ねんき》の入った机と椅子《いす》、それから棚があるだけの部屋だ。普段使用されておらず、中から鍵《かぎ》をかけられるのも確認済みである。

「こんな部屋があったんだな……」

稲葉は感心したように呟く。長袖《ながそで》の白いブラウスとスカート、それから黒のハイソックスを身に纏《まと》う後ろ姿は、スレンダーで妙に色っぽい。

千尋【太一】は後から部屋に入ると、静かに内鍵をかける。

「で、わざわざここに連れてきて、お前は一体なにを」

「稲葉さん、服を脱いでくれませんか」

千尋【太一】は言った。

稲葉は言葉の意味を計《はか》りかねるように固まってから、やがて顔を真っ赤にした。

「おまっ、ま、ま、ま、まさか初めてをこんなところで……！」

あっちにこっちに視線をやり、両手を振るう。

「その、待て、なんだ、きゅ、急に我慢《がまん》できなくなったというやつか？　た、確かにエロ漫画に似た展開は多いが……」

太一と稲葉がピュアな恋愛をしているのは本当らしかった。そして思わぬ形で稲葉がエロ漫画読者だという事実が暴露《ばくろ》された。

「お前を見たいんだ」

多少気持ちを入れて言おうとしてつい口調が変わってしまった。必要ないのに。

「急に見たいって……そんな」

ていうか、これ。

「あ……み、見るだけか!?　み、見るだけだな！　初めてはちゃんとしたところの方がいいし！」

やろうと思ったら、やれんじゃね？

「まあ……確かに特殊《とくしゅ》なシチュエーションも興味深いと言えば興味深いが……」

でもってこいつはなにを言ってるんだ。

「脱ぐだけで、大丈夫なんで」

「し、しかし脱げと言われてもなにをどうすれば……」

「とりあえず下着姿までお願いします」

いきなり真裸にはならないだろうと、千尋【太一】はそう言う。

「下っ、下着ぃ!? ぶ、ブラとパンティーだけの姿になれというのか!?」

「うっ……そういうことです」

大真面目にブラとパンティーと言っているのがツボに入り千尋【太一】は笑いかけた。

「ま、まあ下着姿までなら……色々ノーカンだし……いいか。じゃ、じゃあ……後ろを向いてくれるか……？」

「は、はい」

意識しているつもりはないが流石《さすが》に千尋も緊張してきた。まさかないとは思うが、誰かが外から扉を開けようとしてくれれば、かなり不味《まず》い。

もぞもぞと稲葉の動く音が聞こえる。脱衣はどこまで進んでいるのか。

「あ……靴下は履《は》いたままの方がいいか？」

「ぶっ!?」

あまりに予想外の方向から飛んできたフックに千尋【太一】は噴き出した。

「え、あ、はい、じゃあ、お願いします」

そして思わず希望してしまう。決して自分の趣味じゃないが。断じて。

「しかし突然脱げと命令する強引さに、下着に靴下は履いたままのマニアックさ、露《ろ》出《しゅつ》の気もアリって……、お前の彼女がつとまるのはアタシくらいのものだぞ、全く」

ホントなに言ってんだよこいつは。バカ過ぎる発言のおかげで頭が冷えた。

「あー、はいはい。お似合いのカップルですね」

千尋【太一】は投げやりに言う。稲葉にはいい感じに変換《へんかん》された、愛の言葉に聞こえているはずだ。

そして、衣擦《きぬず》れの音が止む。

「い……、いいぞ」

緊張しているのだろう、震える声で稲葉が囁いた。

ごくり。千尋は唾《つば》を飲み込む。体が熱くなるのを感じる。……なにを緊張している。ただの作業に過ぎないではないか。自分はそんな低次元な欲求に負けてバカになったりはしない。低俗《ていぞく》な奴らとは、違う。

千尋【太一】は振り向き、——息を呑《の》む。

ほこり臭く、古い部屋特有の匂《にお》い漂《ただよ》う空間。窓も閉じられ密室の部屋はむっと体にまとわりつく暑さを放つ。そこに、黒髪のスレンダーな女子高生が立っている。自分の要求した姿で。自分だけのために。彼女が身につけるのは、黒のブラジャー、黒のパンティー、黒のハイソックスにローファー。それ以外はなにもない。全身の八割が一糸まとわぬ白い素肌を晒《さら》している。日常着を使った、あまりにも非日常的な姿。学校内。閉じられた空間。窓から太陽の光が肌を照らし、影を作る。ここには誰もいない。ここには自分と彼女しかいない。秘密の空間。秘密の姿。それはなんと背徳的《はいとくてき》か。背徳的であるが故《ゆえ》美しく、いじらしい。

稲葉は後ろ手を組み、頬を染めて俯いている。

理性のたがが外れるかと思った。

外さないが。

「ど……どうだ？」

「綺麗《きれい》ですよ」

半分くらいは本心から、千尋【太一】は言う。

男と下着姿の女が向かい合う。異常な空間だ。

そしてそれは太一と稲葉の異常な関係性を意味する。

ただのバカップルと言ってしまえばそこまでだが。

「そ……、そろそろ、服を着てもいいか……？」

稲葉が両腕で自分の胸を抱くように隠し、聞いてくる。

「いや、まだです」

「もっ……、もしかしてこれ以上……！　次は生足を要求する気か……！」

少し黙れ、と思いながら千尋【太一】は次の段階に移行する。

「写真、撮らせて下さいよ」

携帯電話《けいたいでんわ》を取り出し、構える。

「しゃ、写真……？」

稲葉の瞳に怯《おび》えの色が見える。今まで【太一】と思い込ませた上で散々なことをやってきて、初めて浮かんだ種類の感情の色だ。

ここまでやって、やっと引き出せたのか。

絶望を。

それも、自分の好きな人間から与えられた、とびっきりの絶望を。

「さ、流石に写真は……どうかと思うぞ」

稲葉が一歩後ろに下がる。机の上においたブラウスを右手で握《にぎ》る。

さぞ嫌なことだろう。そういうのが嫌だってわかった上でやっているんだから。

「稲葉さんはやってくれないんですか？　ダメって言うんですか？　俺のことを好きじゃないんですか？　愛してくれないなら、こっちも稲葉先輩を愛せませんよ」

【太一】の姿と声で、最低のセリフを味わわせてやる。

稲葉の瞳がひたひたと絶望の色に染まっていく。怯えが全身を伝って、体を小刻《こきざ》みに震わせている。ぷつぷつと鳥肌が立っていく。千尋【太一】はそれをただ眺める。

ほどなく稲葉は、ブラウスをぎゅっと握っていた右手を、放した。

「………わかった」

稲葉は両手を下ろし、俯いた。

「どうも」

今自分は、完全に稲葉を支配している。

千尋【太一】はシャッターボタンを押す。ライトの光に稲葉が眩《まぶ》しそうに目を細める。

稲葉の裸体《らたい》に、しかし先ほどまでの艶《なま》めかしさは感じない。代わりに劣情《れつじょう》を誘発する禁忌《きんき》の匂いが立ちこめる。

シャッターボタンを押す。

携帯電話のカメラは、稲葉の醸《かも》す薄暗い雰囲気《ふんいき》まで写し取っているだろうか。保存前に映るプレビューを今見るだけでは、判断できない。

ボタンを押す。

押す。

押す。

押す。

押す。

「やっ……やっぱりやめてくれっっっ！」

稲葉が大声で叫んだ。そして脱いだ服を引《ひ》っ摑《つか》み、胸に抱いてうずくまった。

「その……今度ちゃんと、ちゃんとしよう……。だから、な？　もう……さっき撮ったやつも……消してくれ。……お願いだ」

手に持つブラウスに、稲葉は顔を埋《う》める。声がどんどんと涙に濡れていく。

「お前のことを……信頼してない訳じゃない……。でも……流出したら恐いし、なにより……こんなのおかしい……しっ！」

真っ赤な目で、稲葉は千尋【太一】を懇願《こんがん》するように見つめた。

イエスか、ノーか。選択権は自分にある。

稲葉の瞳から、涙が、一筋、流れた。

「……わかりました。消します」

千尋【太一】は言った。もちろん……、予定通りだ。

「そ、そうか。だよな……太一は言ったらわかってくれるもんな」

「もちろんですよ」

稲葉がほっとした表情を見せ、ブラウスとスカートを身につける。

「削除《さくじょ》、と。今のは全部削除しておきましたから」

千尋【太一】は稲葉に向かって携帯電話の画面を見せる。

「ああ、……ありがとう」

ありがとうというのも変な話だと千尋は思った。

□■□■□

放課後、帰路《きろ》に就いている永瀬を狙った。

永瀬が細い通りを歩く。人はいない。チャンスだった。

千尋は永瀬の前に躍《おど》り出る。最近、『幻想投影』をかける直前ならば姿を見られても記憶から消えるとわかっていた。

願望を込めて、そうであるならば最高に面白くなるという期待を込めて、今まで仕掛けてきた伏線《ふくせん》の効果は出ていると信じて、千尋は意を決して宣告する。

「【永瀬伊織が、今一番言い寄られて困る異性】」

「……あ」

伊織がぽかんと口を開ける。

立ち止まり、声を発そうと口の形を変えていく。

そして。

「太一じゃん。なにしてんの？」

永瀬伊織は、今一番言い寄られて困る異性を八重樫太一だと思っている。

面白い。面白いことになっていないか〈ふうせんかずら〉？

今明確に、一度決着したはずの三角関係が浮上した。

無論、簡単にひっくり返りはしないだろう。だが紛《まぎ》れもなく浮かんだ三角関係はすぐには消えない。残る。危うい状態でバランスするしかなくなる。

どこかが崩れれば、連鎖的《れんさてき》に全てが崩落《ほうらく》していく状態にまで仕立て上げたのだ。
三角関係は燻《くすぶ》り続けて奴らを炙《あぶ》る。
誰かが熱さに耐えられなくなって動き出す。
たぶん後少し、後少しで雪崩《なだれ》を引き起こせる。
勝利は、もう目前だ。奴らは今自分達が、敵に襲われていることすら認知していない。
それが、持てる者と持たざる者の立場による、絶対的な差だ。
「なに黙ってんのさ。偶然じゃないんでしょ？」
警戒する様子の永瀬に向かって、千尋【太一】は口を開く。
ここまできたのなら決定的なセリフを言ってみよう。
それもまた、面白い。
「好きです。稲葉さんと付き合ってみてわかりました。本当に好きなのはあなたです」
【太一】から永瀬への告白だ。
永瀬の表情に動揺《どうよう》が走る。揺れる。ぶれる。
壊れそうに、見える。
ここで決まるかと千尋【太一】の顔が緩みかけた——その瞬間立場が反転する。
永瀬の眉がつり上がる。目が細くなる。口が歪《ゆが》められる。威嚇《いかく》。鬼のような表情だ。
一息で近づいてきて、永瀬は千尋【太一】の胸倉を掴んだ。
「喧嘩《けんか》売ってんのかテメエ、オイ？」

殺気を見た。

殺されると思った。

「稲葉姫子を裏切るってのかテメエは」

ドスの利《き》いた声。

なんだよおい。いくらなんでも。これは。誰だよ最早《もはや》。恐過ぎる。本気で。殴《なぐ》られる。

だけで済まない。というか振《ふ》り解《ほど》けるだろ。自分の方が強い。なのに反抗できなくなるほどの気迫がある。恐ろしい。

――でも。言い寄られて困る人間なんだ。間違いないんだ。そして永瀬は押しに弱い。

わかっているだろう。ビビるな。逃げるな。突破《とっぱ》しろ。

「それでも好きなもんは仕方ないでしょっ！　どうしようもっ……ないんですよっ！」

途中で力を入れられて首が絞《し》まったが、なんとか叫び切った。

まだ永瀬の射殺すような眼力は緩まない。

生きる道を開くため死ぬ気で縋《すが》る。

「好きですっ永瀬さん！　ホントにっ、ホントにっ！」

その必死さが功を奏《そう》したのか、胸倉を摑む永瀬の手が、緩んだ。

へにゃりと眉が曲がり、目に涙が浮かぶ。

その涙が零《こぼ》れる前に永瀬は俯いて、どん、と千尋【太一】を両手で押す。

「そんなの……今更……言わないでよっ……！」

永瀬は叫び残すと、千尋【太一】の横を通って逃げるように走り去った。

ああ、落ちたか。

自分の、勝ちか。

永瀬は陥落《かんらく》した。

稲葉は【太一】の姿で何度も不信を抱かせる行為《こうい》をし、更には下着姿の写真まで撮ってやった。絶望した表情を見るに、不信はそろそろ極限《きょくげん》に達している。

太一は永瀬の誘惑で困惑しているが、まだ足りないだろうから【稲葉】の姿で太一を「嫌いだ」と拒絶し、次に【永瀬】の姿で告白でもしてやろう。これで準備は完了だ。

三角形は、転がり出すまさに一歩手前である。更に三角形が転がれば、五角形も無事ではいられない。

終焉《しゅうえん》は、——三人をかち合わすことで開始される。

□■□■□

日曜日、今日が、自分の作り上げた物語の最終章だ。

千尋はそれぞれに『幻想投影』を使って口実を作り、太一、伊織、稲葉の三人が自然公園に来るよう約束をとりつけていた。自然公園は四月末、部活動決定日の直前になぜか文研部として陸上部と共にマラソンをし、自分が〈ふうせんかずら〉の乗り移った後《ご》藤《とう》龍《りゅう》善《ぜん》と遭遇《そうぐう》した場所だ。

千尋は三人の集合場所に指定した休憩所《きゅうけいじょ》の裏手、岩の陰で息を潜《ひそ》める。ここならば相手に見つからず、しかもしっかりと連中を観察することができる。

終わりが近いことは、いつもどこからか観察しているらしい〈ふうせんかずら〉にも伝わっているだろう。となれば、奴もここに来ているかもしれない。

まず、稲葉がやってきた。

到着した稲葉は不安気に辺りを見回している。休憩所には簡素な屋根《やね》と、その下にベンチがあった。しかし稲葉は座らずに立ち続けていた。

続いて太一と伊織がやってくる。

二人は、手を繋《つな》いでいた。

マジかよ、と千尋は笑いを噛《か》み締めた。半《なか》ば冗談で言ってやったのに、本当に実行してくれるとは思わなかった。あの二人が仕向けた通りに従っているということは、全てが成功している証だ。

正直、今日三人をぶつける件に関して、どの条件かは満たされないのではと思っていた。しかし、太一達の絆は嫌というほどに固く、それが千尋には幸となり太一達には仇《あだ》となった。

奴らは互いを信じ切っている、故に信じなければならない。

言動全てが真実になる。偽者《にせもの》としてこれほど騙《だま》しやすい環境はなかった。

そうして生じた歪《ひず》みが今ここで、収束する。

その時発生するのは、対立か、衝突か、激情か、決裂か、別離《べつり》か、造反《ぞうはん》か、崩壊か。

確かに三人がお互いの言ったことを確認し合えば、なにかおかしいと気づくであろう。

だが『幻想投影』でなされた出来事が消える訳ではない。どれかが嘘《うそ》であると確かめ合っても、じゃあどこまでが嘘でどこからが本当かという話になる。

奴らはどうする。この期間にあったことは全て『嘘』とするか？　それは好手《こうしゅ》に見えて、実は最大の悪手だ。なぜなら、そうやって全部『嘘』にしてしまえば、今目の前にいる相手さえ『嘘』ではないのかと疑わなくてはならなくなる。

そう、この『幻想投影』で本当に恐ろしいのはそこなのだ。現象が起こっていると気づいても、地獄《じごく》は終わらずむしろ深みにはまるのだ。

なにが本物か、なにが偽物か、まるで幻想に囚われたように全てが曖昧になって真実を見失ってしまう。そんな世界にいて、なにかが壊れないはずがない、どんな精神力を以てしても耐え切れない。

奴らは多くの困難を乗り越えたと聞く。ならばお手並みを拝見《はいけん》といこうじゃないか。

太一と永瀬が稲葉のところに辿り着き、手を放した。

三人が、三角形を作り上げる。

そして——、

「「「なんかおかしいよな！」」」

三人はお互いを指差し合った。

寸分違わず息もピッタリ、同じタイミング。そしてまるでシンクロするかのように。

「完璧に同じ姿だから」と永瀬。

「あれは本当じゃないかと思って」と稲葉。

「実際影響されちゃってたけど」と太一。

「「「二人がそんなこと言うはずないし！」」」

言い切った後顔を見合わせ、太一と伊織と稲葉は「あはははは」と笑った。

「てかなんで手を繋いで来たんだよお前らは」

稲葉が言う。

「だって永瀬がそうしないとって……」「だって太一がそうしないとって……」

「「ん？」」

セリフが被って、また太一と永瀬の二人が笑う。

「なんだなんだお前ら？　アタシだって……いや。まず話を整理しようか」

稲葉の提案に、二人が返事をする。

「おう」「はーい！」

あまりに和《なご》やかで。

あまりに友好的で。

あまりにいつも通りで。

だからこそあまりに超然としていた。

千尋は愕然《がくぜん》として、目の前の展開が真実かと疑念を抱く。それこそ幻想ではないのかと思う。せめて、疑ったり、気遣わしげに話しかけたり、あるだろう、そういうことが。

三人が揺さぶられていたのは絶対に間違いない。自分は間近で三人を見てきた。

なぜだ？　全てのシチュエーションが二人きりであったから、三人なら大丈夫だと思ったか？　それとも、これが三人の、文化研究部の結束力だと言うのか。

三人は、最近あった出来事が真実かどうか確かめ合っている。

「——ってことがあったんだが」

太一が話すと、永瀬が驚きの声を上げる。

「言う訳ないじゃんそんなこと！　わたしが稲葉んと太一の間に割り込もうなんて！」

今度は稲葉が尋《たず》ねる。

「じゃあ太一。この間下校中……お前がアタシを嫌いだと言ったのは……」

「え？　嫌いなんて言う訳ないだろ！　俺は稲葉のことが……その……」

「そこで躊躇《ためら》ってどうするんだい太一君は！」

「わ、わかってるから叩くな永瀬！　えと……、だから……大好きなんだし」

「おいっ、だ、抱きつくなよこんなところで！」

「た、太一ぃ～♡」

「キッス！　キッス！　キッス！」

「永瀬は小学生みたいな煽《あお》りをやめろ！」

頭に血が上る。千尋は地面に生えている草をぶちぶちと引き千切る。

なにをやっているんだこいつらは。危機感の欠片《かけら》もないじゃないか。

「これってさぁ、わたし達の偽者がランダムに出現するって話なのかなぁ？　それともランダムに操られるっていう感じ？」

永瀬が呟き、それに稲葉が反応する。

「偽者……。もしそうだとすれば、ここにいるアタシ達も偽者かもしれないのか……」

そうだ、その通りだ。どれだけ自分達が危険な状況に囚《とら》われているか、気づいたか。

「でも、今ここにいる俺達は本物だよな」

きっぱりと、太一が言い切った。

「ああ」「うん」

稲葉と永瀬が笑顔で頷《うなず》く。

崩れない。一人一人だとあれほど脆《もろ》そうだったのに、簡単に騙され揺らいでいたのに。

けど、まだ、何度だって仕掛けるチャンスはあるのだ。何度も繰り返せる。偽者だとバレていようが、嘘に嘘を重ね重ねて、追い込んでいけば……。

涙まで流していたはずの稲葉が、堂々と言う。

「もし偽者が現れたって、本物が消えた訳じゃないんだ。それをアタシ達は見極めればいい。どれだけ偽者が現れたって、絶対本物が帰ってきてくれるんだと信じて、耐え続ければいいだけの話だ」

更に永瀬も。

「わたし達の中にいるみんなは絶対だからね！　……って、一番テンションの上げ下げ大きくてみんなを混乱させちゃうわたしが言うのもなんですが！」

「ホントだよ」

稲葉のつっこみに皆が笑った。

千尋は草を引き千切る。ぷちり。ぷちり。ぷちぷちと、根っこから引き抜く。全身に汗が滲《にじ》む。

なんだよクソが。動かないじゃないか。

勝っていると思っていた。なのに。自分は。圧倒的に、負けている？

人知を越えた力を持っても、奴らの方が——持てる者なのか。

□■□■□

三人が帰ってからも、千尋は岩に寄りかかりその場を動けずにいた。

どうする……この方向性じゃ奴らは動かず、面白くはならない。どうすればいいのか。

助けを求められる存在は、誰もいない。

と、そこに忽然《こつぜん》と、
山星《やまぼし》高校物理教師、後藤龍善の姿の――〈ふうせんかずら〉が現れた。

心臓《しんぞう》を吐くかと思った。

「なっ……お前、どこから……？」

「どこからって……普通に歩いてきたんですけど……？　……宇和さんがぼうっとしていて気づかなかっただけじゃないですかねぇ……ああ……どうでもいい」

無駄の多い話し方は変わらない。後藤に乗り移るスタイルも変わらない。

自分を非日常の世界に巻き込んだ根源《こんげん》が目の前にいる。

力を与えてくれたことには感謝している。けれど本能的に気持ち悪いと思うことは止められなかった。

「それで……ああ……そうだ」

自ら登場しておいて、目的を忘れていたかのような言い草だ。

「上手くいってないみたいですねぇ」

ねっとりとした口調の中に、威圧《いあつ》の雰囲気が見え隠れする。

唾を飲み込んで、千尋は口を開く。

「だって」

「あなたなら面白くできるんじゃなかったんですか……？」

非難。

体内の血が凍る。

「……こちら側に与《くみ》して、つまらないものしか見せないで、無事に元の世界に戻れると思わないで欲しいですねぇ……なんて」

脅迫《きょうはく》。

恐怖が全身を飲み込んでいく。喰われる。支えがないと立っていられない。

「……遠慮が見えるんですけど、本気でやってますか？　ねぇ……、宇和さん？」

自分は、開けてはいけない扉を、開いてしまったのかもしれない。

五章　そして五角形は消え去る

○月×日　晴れ

もしかしてこれは千尋《ちひろ》君の仕業《しわざ》？

なんて……こと、ない、か。

仕業なんて、変なことを書いちゃった。もう終わってる話、じゃなくて。そんなの元から存在しないしね。

ずっとおかしくなり続ける先輩達だったけれど、最近は持ち直してくれたみたいでとっても嬉《うれ》しい。皆さんの方が大変そうなのに、やたらとわたしを気遣《きづか》ってくれるし。「最近変だなって思うことないか」、「周りに奇妙な言動をする人がいないか」、色々聞かれたけど思い当たる節がなかったので、ありませんと答えた。

先輩達が持ち直すのに、まるで反比例するように、千尋君はどんどん落ち込んでいっているみたい。なにかに怯《おび》えているようで、凄くピリピリしていて、近寄るのも、最近は恐くて。

やっぱりもしかして……。

……違う、よね。

それに億万分《おくまんぶん》の一《いち》の確率で違ってなくても、自分には、なにもできないのだ。

なにもしてない訳じゃなくて、試《こころ》みてはいる。でもダメなんだ。

だから結局同じだ。知っていても、知らなくても、なにもできないのだ。ただ見ている。傍観者《ぼうかんしゃ》である。

そして自分は、今日もいつもと同じ位置にいる。

＋＋＋

月曜日、文研部《ぶんけんぶ》の二年五人は、早朝から部室に集合していた。再び〈ふうせんかずら〉による怪現象の発生が懸念《けねん》されたからだ。八重樫太一《やえがしたいち》も稲葉《いなば》が主導する会議に臨《のぞ》む。もうこの会議も何度目のことだろうか。

まずお互いに最近あった「これはおかしいな」と思うことを発表し合う。それにより、各人『自分がやったつもりのない行動が、他の文研部四人に記憶されている』ということがわかった。これだけだと太一達五人が何者かに操られている、などの可能性も考えられたが、記憶の空白がないことや各人のアリバイの確認等により、どうも『自分のあずかり知らぬところで自分と瓜二つ《うりふた》の偽者《にせもの》が行動し、自分以外の文研部四人に接触している』との予測が立てられた。単にこちらの記憶が操作されているのではないか、などの意見も出たがひとまずは退《しりぞ》けられている。

「どの時も、向こうとこっちが一対一のパターンなんだよな。これが制限なのかもな」

稲葉が言い、一旦持っていたチョークを置いた。

桐山《きりやま》が「う～ん」と唸《うな》ってから呟《つぶや》く。

「でも全く完全に一緒の姿なのよね、四人とも。言ってることおかしいなとは思うんだけど、どう見たって本人なんだもん」

「わたしとしては、太一には稲葉んのことを見破って欲しかったけど！　愛の力で！」

永瀬《ながせ》が勝手なことを言う。隣では「はっ！　そういやオレ達の愛の力も通用しなかった～！」と青木《あおき》が頭を抱え、桐山が「『達』ってなに⁉　その複数形は誰を想定して使っているの⁉」と問い詰めていた。

「そう言われたって、姿形から匂《にお》いから全部稲葉のものなんだから……」

「に、匂いって……。アタシは激しく臭っているのか……！」

先ほどまでキリッと場を締《し》めていたはずの稲葉が、急におろおろと狼狽《ろうばい》し出した。

「いや、その、匂いって言っても、凄く……いい匂いだよ」

「クセえええええ！」

永瀬の叫びつっこみが入る。

「そ、そうか。アタシは太一にとっていい匂いを出しているのか。……できれば早く、太一の匂いと混じり合った匂いを出せるようになりたいよ。うふふ」

「エロいいいいいいい！」

もう一度永瀬の叫びつっこみが入った（しかし今のは『エロい』のか？）。

「それよりもっ、対策、立てましょうよ」

桐山の呼びかけで、今回の現象への対策思案が始まる。通算五度目の現象だ。慣れた展開だし、自分達も随分《ずいぶん》と成長している。おかげで話し合いはスムーズだった。

「一対一でしか現れないなら、その時は偽者って警戒すればいいんじゃないかしら？」

「一対一を避けるのは基本だろうけど〜、絶対とは言い切れないんじゃな〜い」

「はっ……、それ気にしてたらしばらく太一と二人きりになれねえじゃねえか！」

「あれ？　じゃあ逆に発想すれば、常に三人以上でいればいいってことかしら？」

「それだと三人とはいえ常に太一と一緒にいられる訳だな♡」

「オレも賛同《さんどう》するぜ稲葉っちゃん！　そうすれば……触れ合う機会が減ってしまったオレと唯《ゆい》の時間も……」

「い、稲葉。その……俺は嬉しいんだが、難しくないか？　そうやって集まろうとすれば、必然的に二人きりになる場面も増えるだろうし」

「その困難を乗り越えてこそ――」

「稲葉んに告ぐ！　一旦『デレばん』封印したまえ！　これは命令である！」

「へいへい、真面目にやればいいんだろ、真面目に。そうだなぁ……あ。つーか、偽者野郎はそいつが真似《まね》をしている本人の記憶まで持ってやがんのか？　当事者同士しか知らないはずの質問をして、相手が知らなけりゃ見分けがつくんだが」

「記憶……なーる。じゃあさ、例えばわたし達の中で合い言葉決めるのどう!?」

「それで判断する訳か。いいアイデアだ伊織《いおり》。やってみる価値はある。まー、あいつの起こす現象は御都合主義ルールだらけだから、それで即解決は難しそうだが」

「あ！　まさかだけど、千尋君と紫乃《しの》ちゃんは変なことになってないわよね!?　二人の偽者らしき影は今のところないから、巻き込まれてない気はするけど」

「そうだな。それとなく話を振って聞きだそう」

「けどどっちにしろ俺達五人の偽者だけなら、時間を改めて確認すれば大抵は解決しそうじゃないか」

「五人の偽者しか現れない、って決まったワケじゃねえぞ太一」

稲葉のセリフに、桐山が不安げな反応を見せる。

「五人以外もあり得る……？　そ、それって凄く恐くない？　もしかしたら、ここ最近喋《しゃべ》った友達が偽者かもしれない、って」

永瀬が応じて言う。

「確かに……、わたし達だけならやりようがあるけど、他の人達は不味《まず》いよね。下手《へた》すりゃなにも信じられなくなっちゃう、じゃん」

「自分から言っておいてなんだが、五人以外の偽者がいるって決まったワケでもねえぞ。つーか、そいつらがどういう意志の下で動いているのかもわからない。〈ふうせんかずら〉が生み出した自律型の人形なのか、はたまた〈ふうせんかずら〉が操って見せてくるただの映像なのか……。だがなんにせよ、アタシ達がやることは一つでいい」

話す稲葉に桐山が尋《たず》ねる。

「それって?」

稲葉は他のメンバーの顔を一人ずつしっかり見つめる。釣《つ》られて、太一もみんなの顔を見た。他の皆も同じようにした。

文研部部室、五角形に陣取る五人がお互いの顔を見合わせる。

そして、稲葉が言う。

「信じること、だ」

信じる、こと。

「疑いたくもなるだろう。でも信じるんだ、自分が知る友人を、知人を。それは相手の言ったことを信じろって意味じゃないぞ。わかるな?」

全員が頷《うなず》いた。

「信じて、行動しろ」

全員がその意味を理解している。

「なんにせよやれやれ、だ」

首を振って稲葉は笑う。

「未だに〈ふうせんかずら〉は、この最強のアタシ達にしょーもないちょっかいをかけようっていうんだからな」

□■□■□

「そういや体育祭での賭《か》けの話忘れてないよね〜？　勝った方が命令できるんだよ〜」

永瀬が楽しそうに話す。

放課後、応援合戦の練習時間が被《かぶ》った関係で、太一は永瀬、稲葉と立ち話をしていた。

「アレなぁ……。三学年で一チームってのがなぁ」

稲葉が不満げに呟くので太一が聞く。

「どうかしたのか？」

「アタシのクラスは結構やる気あるし、三年もまああなんだが……とにかく一年のクラスにやる気がない。雰囲気《ふんいき》が終わってる」

「ちっひーと紫乃ちゃんいても？」

「あいつらにそんな影響力ねえだろ。だいたい千尋はダメだ。応援合戦代表者のクセに、まー頑張《がんば》ろうとしない。気怠《けだる》そうにしてるのが格好《かっこう》いいと思ってるのか！　けっ」

毒づく稲葉を太一はなだめる。

「そう言ってやるなよ。じゃんけんで負けただけらしいし」

「とにかく緑団は一年のクラスにやる気を出して貰わんとどうにもならん。二年のアタシらが言っても、なかなかどうなるもんでもないし……。おっと集合か、じゃあな」

そう言って稲葉は自クラスの方へ駆けていった。

「ん～、稲葉ん変わったよね。一年の時は陰の実力者って感じで、裏からなにかするけど、クラスで前の方に出るキャラじゃなかったのに」

永瀬が稲葉の後ろ姿に目を細める。我が子を見つめるような優しい目だった。

「それで言えば永瀬も、じゃないか？　永瀬も一年の時は役職《やくしょく》とか嫌って、自由気ままにやってる感じだったし」

「なら太一もだよ。太一は、……まあ人の嫌がることをやりたがる傾向《けいこう》はあったけど、それでもあんまり前に出てるイメージなかったし」

そうだったかな、と思って太一は頭を掻《か》く。

「ま、全員変わってるってことじゃね！」と最後は永瀬が綺麗《きれい》にまとめた。


今日は応援合戦の全体練習をする日だった。そのため太一達赤団に所属する三学年三クラスが一カ所に集まっている。部活や委員会の事情で欠席者がいるとはいえ、百人近くが集まればなかなか迫力のある光景《こうけい》だ。

それを太一達や、他学年の応援合戦代表者が取り仕切っていく。

ところが、である。

「えー、このブロックの人には……」

「瀬戸内《せとうち》先輩！　こっちに来てくれませんか!?」

「すぐ行くからちょっと待って！　八重樫君ここお願いできる？」

「お、俺が仕切るのか？　凄く不安なんだが……」

その日、やむを得ない事情で休んでいる応援合戦代表者が多く、仕切る側の人間が明らかに足りていなかった。

「い、一旦休憩！　そして二年の代表者集合！」

瀬戸内が声をかけ、二年生の代表者が集められた。

「どうしよ、この状況。全然回せてないよ。特に一年と三年が……」

瀬戸内は焦《あせ》った表情だ。

「いっそのこと二年を一人に任せて、後が他学年のヘルプにいけばいいんじゃない？」

永瀬が提案した。

「それができればいいんだけど……。流石《さすが》に一人で仕切れる人は……」

太一もそうだよなと納得しかけた時――一人の人物が頭をかすめた。

「いや、藤島《ふじしま》なら」

この間自分は、復活した藤島の姿を見た。今思えばあれは、奇妙な点があった。もしかしたら自分達が巻き込まれている現象が生み出した偽者かもしれない。でも、最強の学級委員長だった頃の藤島が、圧倒的なカリスマ性を発揮《はっき》していたのは事実だ。

「へ？　わ、私？　無理よ……私じゃ……」

自信を喪失《そうしつ》してしまった藤島は、首を横に振る。

しかしこの状況で、一人で複数パートの練習を統率《とうそつ》している姿は、かつての藤島しか思い浮かばないのだ。

「あ～、クラスの勝利のためには、藤島さんの力が必要なんだよな～」

大きな独り言のようにそう言ったのは、渡瀬伸吾《わたせしんご》だった。それに永瀬が続く。

「……おう！　だよね～、藤島さんが本気の力を出せば絶対できるはずだもんね～」

渡瀬と永瀬が流れを作る。そして皆、今のノリを理解したようだ。

「藤島さんしかいないよな～」「ああ、藤島さんが助けてくれないかな～」「藤島さんの力ならな～」

「私の……力……？」

「え？　藤島さんがなんて？」「バカ、いいから応援しろ」「頑張れ藤島さん！」「いけ藤島！」どういう訳か外野《がいや》からもなんとなくのノリで応援が始まった。

なんだ、このうねりは。ちょっと言ってみただけなのに。太一は少々焦りを覚えた。

ノリがよ過ぎるぞ二年二組。

「「藤島！　藤島！　藤島！」」

藤島コールが自然発生的に生まれ、どんどん大きくなっていく。二年がコールする姿を見、なぜか一年生や三年生まで参戦してきた。の、ノリがよ過ぎるぞ赤団！　コールを全身に受けた藤島が、呆然《ぼうぜん》と立ち尽くす。打ち震える。そして、ぎゅっと拳《こぶし》を握った。くいとメガネを上げる。胸を張って、仁王《にお》立《だ》ちする。

そしてついに。

「ふふふ……ふはははははは！」

「……どこの魔王だよ」

太一はぼそっとつっこんだ。また藤島の新たな扉が開いた予感がした。

「そこまで求められたら仕方ないわね！　愚民共《ぐみんども》の統率？　ええ、やってやるわ！」

だからどこの魔王だよ。

「す、素敵だ藤島さん！」

「渡瀬、前から疑ってたんだけど、お前完全にドMだよな。藤島の女王様気質が好きなんだよな」

太一は呟いておいた。

ちなみに、藤島魔王モードはその日の練習中しか保たなかった。

□■□■□

応援合戦の全体練習が終わると、太一はすぐさま帰路《きろ》に就いた。

太一達の予想によれば、現象が起こっていると気づかぬ内にかなりの期間が過ぎていた。にもかかわらず〈ふうせんかずら〉が姿を見せていない。

奴の気まぐれだろうか。一方で〈ふうせんかずら〉ではなく『時間退行《じかんたいこう》』を起こしたあの〈二番目〉が現れている可能性もあると、一応検討《けんとう》してはいる。

そこで懸念《けねん》されるのは〈二番目〉の時、奴は一度、妹にも乗り移ったことだ。あの悪夢が再び起こっていないか、太一は不安で堪《たま》らなかった。

「え、最近変わったこと？」

くりっとした目を更に丸くして、小学六年生になった妹は雑誌から目線を上げた。ゆるくウェーブのかかった髪を最近は肩に少しかかる程度に伸ばしている。小六とは思えない大人っぽさを自然に醸《かも》し出せる、どこに出しても胸を張れる（もちろん当面どこへ出す気もないが）自慢《じまん》の妹である。

「やたらと慌てて帰ってきたと思ったら、いきなりそんなこと聞いて……あ。もっ、もしかしてついに気づいたの!?」

「そ、そうだ！　そのことだ！　早くお兄ちゃんにそれを言いなさい！」

自覚している異変は聞いておくべきだろうと太一は妹を促《うなが》す。

「う～ん、お兄ちゃん死んじゃう気がしたから黙《だま》ってたんだけどねぇ。ばれたら仕方ないか」

自分が死ぬ……？　いったいなんだと言うのだ。全く想像がつかない。

「実はわたし～」

ためを作った妹が、えへっと笑ってから爆弾発言を投下した。

「彼氏ができたんだっ」

……彼氏が。

………彼氏が。

…………できたんだっ。

「ごはぉあああああああああああああああああ!?」

太一はその場に昏倒《こんとう》した。

「お兄ちゃん大丈夫!?　受け身とれてなかったよ!?　床と頭でゴチンって言ったよ!?」

「そ、そ、そ、そんな……。か、か、か、カレシガガガ……」

「き、機械みたいな声出てるよお兄ちゃん!?　正気に戻って！　ねえ！」

意識が朦朧《もうろう》としてきた。……ぼんやりとした視界の先で、おろおろとした表情の妹が見える……。……ばちばちと両頰《りょうほお》に痛みが……。……これは妹のビンタ……はっ！

意識を取り戻した太一はむくりと体を起こした。危うく死んでしまうところだった。

「彼氏……彼氏だと！　早過ぎるぞ！　お前はまだ小六だろ！　お兄ちゃんは……お兄ちゃんは付き合うことを許した覚えはない！」

「え～、これでもお兄ちゃんに彼女ができるまでは待ってあげたんだよ？」

「なっ……！　俺に彼女ができたことが原因だったのか……！　ならば俺から彼女がい

なくなれば……」

「じゃあ今の彼女さんと別れるの、お兄～ちゃん？」

「……わ、別れないけどさっ」

「いつまで？」

「……ず、ずっと」

太一が恥ずかしさに耐えて言うと、妹は「にへ～」と笑いながらしゃがんで、床に座る太一と目線を合わせる。

「も～、お兄ちゃんもお熱いんだから～。でもそうやって大切な人がいるなら、わたしの恋愛したい気持ちもわかるでしょ？」

「ぐっ……。それでもお前には早い気がするが……。……いや、こうやって大人になっていく……のか。お前も大きくなったんだな……。少し早かろうが……お前がそうしたいなら、好きにしなさい」

涙を呑んで太一が言うと、妹ががばっと抱きついてきた。

「やった～！　お兄ちゃん大好き～！　今度ダブルデートしようねっ、お兄ちゃん♡」

「う、嬉しいんだけど…………泣けるっ……！」

太一は血の涙を流した。


——ちなみに彼氏は同い年か？

——三つ上で中三だけど。

——なっ……！　そ、そんなロリコン野郎とはすぐ別れなさいっ！

——シスコン野郎のお兄ちゃんに言われても……。

＋＋＋

現象が起こっていることが完全に露見《ろけん》した。

その事実を確認した千尋は、ボイスレコーダーを放り投げる。文研部部室に仕掛けておき、ついさっき回収したものだ。

千尋は部室棟の空き部屋の中にいた。この前稲葉を下着姿にさせた部屋だ。千尋は椅《い》子《す》を使わず、足を投げ出して床に座り込んだ。

『幻想投影《げんそうとうえい》』が一対一でないとほとんど使えないことは、ばれた。まだ試《こころ》みた回数は少ないが、文研部上級生五人以外になれる可能性にも言及された。

更にやっかいなのは、記憶で以《もっ》て本物、偽者の区別をつけようとしているところだ。はっきり言ってそれをされると、詰《つ》む。そして自分は〈ふうせんかずら〉によって——。

いや、考えなくていい。訪れない未来に気を取られてどうする。これだって、万全を期した部室の盗聴《とうちょう》が機能したから知れたのではないか。全ては自分の手の中にある。

しかし恋愛ボケしているバカな女が、どうして皆に信頼されているかやっとわかった。

あの仕切りと情報分析能力、加えて皆の精神的支柱になり得る堂々たる振る舞いは、賞《しょう》賛《さん》に値する。稲葉姫子は舐《な》めてはいけない存在だ。

他の奴らだって侮《あなど》れない。何度も現象を乗り越えてきたとは知っていた。だとしても、異常な現象に対する余裕《よゆう》が異常だ。現象が起こったのに、体育祭の方が大事だと言わんばかりの態度はなんだ。狂っている。

奴らは異常だ。奴らが大手を振る世界も、異常だ。

自分の方が正常だろう？

こちらにあったのは油断だ。自分があいつらとは別の、一つ上のレベルにいることに違いはない。『幻想投影』の仕掛け人が自分と勘《かん》づかれる気配も一切ない。

信じて、行動しろ、か。

稲葉が皆に言い伝えた、『幻想投影』への対抗策らしい。なんとバカバカしい言葉だろうか。

信じてなんになる。なにもならない。

信じてなにが起こる。なにも起こらない。

いつだって世界は自分達を裏切る。裏切りの機会を虎《こ》視《し》眈《たん》々《たん》と狙っている。

世界はそういう風にできている。

もっと『幻想投影』を起こしてやる。奴ら五人だろうが、それ以外の人間だろうが構わずやる。偽物に囲まれて、本物を見えなくしてやる。この世の中の誰をも信頼できなくしてやる。

舐められたからにはただでは済ませない。地獄を教えてやる。

□■□■□

放課後、道場に向かうため学校を出ようとする唯に近づく。部活に少し顔を出した後の中途半端な時間なので、下駄箱《げたばこ》周辺に人影はない。

「【桐山唯にとっての青木義文《よしふみ》】」


千尋は青木を利用する。

「帰るんですか唯さん」

「うん。青木は今から部室行くの？」

ここからのやり取りは、今後のために絶対に失敗できない展開だ。大丈夫。自分が失敗するはずがない。

「はい。……つーか、今二人きりだと注意しないと不味《まず》いんですよね？　あ、それじゃ合い言葉は？」

千尋【青木】は先手を打つ。

「合い言葉は『ぶっ潰すぞ〈ふうせんかずら〉！』……ねえ、やっぱりこの合い言葉、物騒過ぎない？　他のにしない？」

「わかりやすくていいんじゃないですかね？」

千尋【青木】の言葉に、唯は「そうかなー」と不満げな表情だ。

これで唯は目の前にいる存在を青木と思い込んだ。この状態で思い切り仕掛ける。偽者とばれたっていい。そうなれば、合い言葉は無意味だと思い知らせられるのだから。大胆《だいたん》な攻め。——襲う？　やり過ぎか。

「唯さん」

声をかけて、千尋【青木】は手を伸ばす。

唯はびっくりした顔でその手を見つめている。なにを驚いているのだろうか。

千尋【青木】は手を伸ばす。唯は手の行く末をじっと凝視する。

小柄《こがら》な唯の、小さな顔。透《す》き通ってやわらかそうな頬。自分の手が近づいていく。妙な空気。なぜか手が震えた。浮かぶ違和感《いわかん》を押し込み、千尋【青木】は唯の頬に触《ふ》れる。

ぴとっと指に頬が吸い付いた。全身に痺《しび》れが走った。意外に冷たくて、気持ちいい。

「……なにこれ？」

ぴくりとも動かず、唯は千尋【青木】の瞳《ひとみ》を見つめて問う。

「えと……可愛《かわい》いなと思って……」

「つまり、あんたが触《さわ》りたいと思ったから、触るってこと？」

照れるとか怒るとかの反応は出ず、唯はただ無表情だった。千尋【青木】は戸惑《とまど》う。

「まあ……、はい」

瞬間、唯の瞳がキッと強い光を放った。

「本物の青木ならそんなことしない！　消えろこの偽者！」

「ぶぉふ!?」

股間《こかん》に衝撃が走ると同時、痛みが全身を貫いた。

力が抜ける。体が浮遊《ふゆう》する。目から涙が零《こぼ》れ吐き気が体の内部を暴れ回る。

千尋【青木】はその場に崩れ落ちた。

「いた……あああ……いって…………っ！　おい……この強さの急所蹴りは……やっちやだめなレベル……でしょ……」

「なによ偽者のくせに。あ、もうこの場で捕まえておこうかしら。そうすれば解決よね。えーと、ロープは……」

「え――」

――この場で捕まえる？

なんだ。なんだよおい。なんだそれは。なんだなんだ。なんだなんだなんだなんだ。

マズい。マズい。それはマズい。終わる終わる終わる。全身から体液が噴き出す。

白《しら》を切る？　無理。連絡を取られた瞬間終わる。唯以外の誰かがここに来たら、そいつには倒れる宇和《うわ》千尋がはっきりと見える。

終わる。

こんなところで、こんな簡単に、呆気なく、雑魚《ざこ》のように、終わる？　死ぬ？

嫌だ。

嫌だ。嫌嫌嫌嫌だ。敗北者。落伍者《らくごしゃ》。全てばれて同じ学校にいれるはずがない。社会からも脱落する。いや、〈ふうせんかずら〉によってこの世界からも――？

目がぼやける。どうする。ここは偽者だと認めて、それで――そう。〈ふうせんかずら〉が言っていた。奴らの中で〈ふうせんかずら〉はなんでもできる、設定。縋《すが》る。

「捕まえられ……ても……すぐ消えるだけだし」

大丈夫か、今のは。盛大に墓穴《ぼけつ》を掘っていないか。

「消える……そうなんだ。じゃあ、ダメか」

ああ……、通った。九死《きゅうし》に一生《いっしょう》。生き残った。

「うーん、でもどっからどう見ても本物にしか見えないなぁ」

唯はしげしげと千尋【青木】を観察する。

偽者を見て、なぜ落ち着き払っていられる。まるで、小さな虫けらを見ただけのような余裕はなんだ。床に這《は》いつくばる千尋【青木】を、唯は見下す。見下すな。

苦《くる》し紛《まぎ》れに千尋【青木】は尋ねる。

「なんで……本人じゃないと判断した……？」

「だって青木は、自分のためだけにあたしに触るようなこと、しないもの」

さらりと唯は答えた。そこに見えたのは、圧倒的《あっとうてき》なまでの信頼だ。

信頼……なんだよそれ、なあ？　通じ合っているみたいな顔を、するんじゃねえ。

「案外余裕ね。じゃああたしもう行くわ。かかってきたければいつでもきなさい」

栗色の長髪をたなびかせて、唯は不敵《ふてき》に笑った。

「あ、記憶もちゃんとあって、合い言葉は意味ないってみんなに伝えなきゃ」

もう興味はないとばかりに唯は立ち去っていく。地面に這いつくばって、千尋はその軽やかな足取りを、ぼんやりとした視界の先に映す。

「わっ」

他の生徒がやってきて、ぎょっとした顔をする。

「見てんじゃ、ねえよ」

下駄箱に寄りかかって千尋が立ち上がると、その生徒は怯えた様子で逃げていった。

なんとかなった。『記憶がない』という穴は、このままならつつかれずに済みそうだ。目的は達成された。けど。

「っっんだよオイ！」

鉄製の下駄箱を殴りつける。ごいん、と音がして辺りに反響する。びりびりと手に痛みが広がった。虚《むな》しさと敗北感《はいぼくかん》に囚われる。

無様《ぶざま》な姿を晒《さら》した。見下された。見せつけられた。相手にもされなかった。

自分と桐山唯には圧倒的な距離があって、もう届きやしない――。

上手《うま》くいかない。

翌日の登校中、偶然太一を見つけた。太一は学校の敷地内に入るところだった。

襲う。直感で思った。昨日頭がぎらぎらと冴《さ》えて眠れなかったせいで、妙な興奮が体に沸《わ》き立《た》っていた。今までは人混みの中を避けてきたが関係ない。

「【八重樫太一のクラスの友人の中で、いつも学校に来るのが遅い人間】」

興奮しきっていても発揮《はっき》される己の冷静さに、自ら感嘆《かんたん》した。

『幻想投影』で解消しきれない矛盾《むじゅん》が起こると、大変なことが起こる。例えば『幻想投影』中に本人が現れ、同じ人間が二人いるように見えてしまうのは、明らかに解消しきれない矛盾だ。その制約に触れないよう、細かく条件を指定したのだ。

今日は冴え渡っている。絶好調、これが本来の調子だ。負けるはずがない。

「おう、渡瀬。今日珍しく早いな」

「おはようございます、太一さん」

自分が話している声に被さって、変換された相手に聞こえる用の声も聞こえてくる(初めは気持ち悪かったが今は十分慣れている)。これで渡瀬なる人物が男だとわかった。

「太一さん。突然なんですけど、お金、貸して貰えませんか?」

下世話だが、最もわかりやすく人を汚しやすい領域《りょういき》だと思った。

金は、人間の欲望そのものだ。

「いいけど……いくらだ？」

「あるだけお願いします。どうしても事情があるんです。どうしても」

千尋【渡瀬】はへーこらと頭を下げる。

お人好《ひとよ》しの太一である。これだけで、下手すりゃいくらだって差し出し得る。

「わかった」

ほらな。バカだ。

「用途は……まあ、言わなくてもいい。だがいつ返してくれるんだ？」

「そのうちっすね」

ちょろい、ちょろ……い？

太一が、千尋【渡瀬】の顔を睨《にら》んでいる。強い目だ。

圧力に押されて、千尋【渡瀬】は一歩、下がる。

「な、……んです？」

「お前偽者だな」

「は……。いや、なんで……」

「渡瀬はお金の貸し借りにはうるさくて、少額でも借用書《しゃくようしょ》をしたためて拇印《ぼいん》を押すような男なんだよ！　おじいさんの遺言《ゆいごん》でな！」

「は……はぁ!?」

なんだよその設定！　んなもん知らねえよ！

胸の内で叫ぶ。同時に千尋【渡瀬】は振り返って走り出した。撤退《てったい》だ。

走る。校舎の裏の方に向かう。登校中の連中や朝練終わりの連中が奇妙な目で見てくる。顔が熱くなる。胸がむかむかとする。違う。負けてない。これは戦略的撤退だ。

でも傍《はた》から見たら今の自分は見事なまでの敗走者。

今ので他人の記憶までコピーできないとばれたか？　わからない。クソッ！

上手くいかない。上手くいかない。


その日の授業中は、ずっと次の襲撃《しゅうげき》について考えていた。部活にもいかないで戦闘に備え、夕刻。

下校時の青木に襲いかかる。

「【青木義文がここにいてもおかしくないと思う家族】」

「あ、姉ちゃん今帰り？」

青木が言った。

姉がいるのかと少々驚きながら、千尋【青木の姉】は黙って青木に接近する。

つけいる隙もない完璧で残酷《ざんこく》な処刑方法を、この男にくれてやる。

「へ？　なに？」

千尋【青木の姉】は笑みを作った。拳《こぶし》を握る。

警戒心など一片もない間抜け面に、右拳を。

一発。

二発。

「でっ!?」

正拳《せいけん》を顔面に受けた青木がよろめく。

ぞくぞくと、背中に快感が走った。相手をねじ伏せる絵が見える。野蛮《やばん》な暴力衝動が脳に麻薬《まやく》を送る。動物的本能に身を任せてこの男を今この場で潰す壊す叩き伏せ――はしない。自制心を持って、加減はしている。身体的に痛めつけたい訳じゃない、のだ。

「な、なにすんだよ姉ちゃん!?」

黙って、千尋【青木の姉】は首を傾《かし》げる。

「あ……、……偽者……か」

青木の呟きに合わせて、にやりと、唇の端を歪《ゆが》めて笑う。

「偽者……。姉ちゃんの姿をそんな風に……使って……！」

怒鳴《どな》れよ。憤《いきどお》れよ。狂えよ。やるならどうぞ、かかってこいよ。その時は好きなだけ返り討ちにしてやる。

そして、自分が地獄に引きずり込まれたことに気づけ。

「おい待て……これ……オレ達は、いつ誰に襲われるかわからないってことじゃ……」

バカでも、気づけたか。

『幻想投影』を使えば誰にでもなれる。会話を交わせば正体を見破れても、初見で判断はできない。となれば、事実上全人類が攻撃を仕掛けてくる可能性を持つ敵だ。そんな世界で誰が生きていける。精神が参るはず。そこを仕留める。『面白く』してやるのだ。どんな絶望に満ちた表情をするだろうか。千尋は楽しみで仕方がな――。

「なーんだ、大したことねー」

明るく晴れやかな光が、青木の顔に差した。

青木は笑った。

笑われて、しまった。

「なに……を……」

「だって、手を出すってさ。もう負けを認めたようなもんだろ？」

「は？」

「なんだかんだ言って、〈ふうせんかずら〉と……〈二番目〉もか。あいつらってさ、こっちを酷《ひど》い状態にするけど、後は手を出さないっての一貫《いっかん》してきたじゃん？　ま、正確には『人格入れ替わり』の時、一回だけ〈ふうせんかずら〉は介入《かいにゅう》してきたけど」

気負《きお》いもなにもなさそうに、青木はいつものトーンで話している。

「オレはよくわかんないんだけどさー、稲葉っちゃんが言うには、あいつらは『心の揺れ動き』を見たいとか『五人という固まりに興味を持っている』とか、なんとか。つまりこの不可思議現象っつーのは、あいつらが現象でこっちの絆と心をめちゃくちゃにしたらあいつらの勝ち。耐えて乗り切ったらオレ達の勝ち、そーいう勝負な訳だ」

うんうん、と青木は頷く。

「その勝負で実際に、比喩《ひゆ》でもなんでもなく、手を出しちゃうってさぁ。なんっつーの、反則？　試合放棄？　みたいな」

「いや……、勝負した覚えないんで」

変なルールを押しつけて負け宣告だと、ふざけるな。

「いいや、負けだ。てか、マジで〈ふうせんかずら〉じゃない？　なら話変わんのか？」

青木は一人で悩み始めた。だがすぐに「今度みんなで相談すっか」と声に出した。

「ま、あれさ、言いたいのは。苦し紛れに手を出してくるような奴にオレ達は負けねー。それと、オレは最悪許すけど、女の子に手を出したら、それは……許さん」

「どう……許さないんですか？」

「許さん。とにかく許さん。以上だ！」

絶対になにも考えていない。根拠《こんきょ》など皆無だ。妄言《もうげん》だ。

妄言なのに、なぜ、自分が押される必要がある。勝てないと思うのは、なぜ。

強者は自分だ。弱者はこいつだ。立場が違う。なぜ反転する。反則？　試合放棄？

負け？　ふざけるな。勝っている。勝っている。勝っている。勝っている。負けてない。負けてない。負けてない。負けてない。

どの角度から見ても、どの時点から見ても、どれもどれも全部自分の方が勝っている。誰がどう見たってわかることだ。そうだろ？　誰か審判《しんぱん》してくれよ。誰か。誰でも。でも彼女が振り向くのは──。

上手くいかない。上手くいかない。上手くいかない。

世界が味方をしてくれない。

それからなにをやっても跳ね返され続けた。

□■□■□

その日は一日雨だった。

空手道場での稽古《けいこ》中、唯に「最近あんまり部活来てないけど大丈夫？」と尋ねられた。千尋は唯の顔を見ずに「大丈夫です」と答えた。まともに目を見ることなどできるはずがなかった。敵、同士なのだ。思えば、初めは現象を起こしながらよく普通に接していたものだ。今はもう、あの時どうやっていたかも覚えていない。

しかしそうやって、唯と近づいたのに正面から応対しなかったからだろうか。

その後、妙に、無性《むしょう》に、唯と話したくなった。

同時に、誰かに優しくされたいとも思った。敵ばかりと接していて、少し、疲れていたのだ。

稽古を終えた帰り道、千尋は唯の背後に迫った。

唯はピンク色の傘《かさ》を、くるりくるりと回しながら歩いている。

雨の音に負けないよう、いつもより少し声を張って千尋は宣告する。


「【桐山唯が今一番、とにかく話を聞いて欲しい友達】」


言うと同時に千尋は距離を詰める。

「ん……？　え、千夏《ちなつ》!?　千夏だよね!?」

唯は非常に驚いて、ドット柄の長靴《ながぐつ》で水たまりをぱしゃぱしゃさせながら走り寄ってきた。

「いつ帰ってきたの？」「そっちはどう？」「練習頑張ってる？」などと聞かれている内に、昔この町に住んでいたが今は遠くへ引っ越していることがわかり、空手をやっていることもわかった。そして名前がどこか引っかかるな……と考えていたら、大会で唯のライバル的ポジションにいた、三橋《みはし》千夏という女子を思い出した。ポニーテールが印象的だった、唯以上に勝ち気な女子だ。

ある程度知った人間であることは千尋【三橋】にとって幸運だった。なにも把握《はあく》できない状態で、長時間の会話は困難だ。

「今日はなんでも話聞きますよ」

質問されにくいよう、千尋【三橋】はそう宣言する。『幻想投影』の条件付けにも加えておいたから、極限までこちらの話を減らせるだろう。これで長い時間……あれ？

なにをやっているのだ、自分は。

「ホントに！　やった～！　じゃ、どこかお店に……」

「や、お店に入るのは……」

自分は。

「ん、なんで？」

自分は——そう、唯と仲のよい友人に化けることで、今後自分がどうすべきかのヒントを探すのだ。じっくり話して策を練るのは、いい案に思われた。

目的が決まると、落ち着いた。冷静さを取り戻す。

「あの、連絡が入ったらすぐに行かないといけないので。立ち話の方が」

「え～、でも雨降ってるよ？」

「いいじゃないですか。その傘とか、長靴とか可愛いですし」

いつでも逃げられるようにしておきたい。千尋【三橋】は適当《てきとう》におだてておく。

「でっしょ～！　女の子は雨の日や雪の日や嵐の日にどれだけ可愛くできるかで真価《しんか》が

問われるわよね！」

「嵐の日は流石によくないですか？」

「嵐の日こそよ！　……って、千夏がそういうの褒《ほ》めてくれるって珍しいよね？　どうかした……あ。まさか偽者……」

勘づかれたか。千尋【三橋】は急いで先に口にする。

「偽者？」

「う、ううん。なんでもないの。……そうよね、なるべく信じないと」

上手く誤魔化《ごまか》せたようだった。

唯はあれやこれやと好き勝手に喋《しゃべ》った。久々に会う友達のためか、テンションが非常に高い。現時点でも多種多様な情報は得られたが、すぐ活用できそうではなかった。

いつの間にか文研部の男子に話が及んでいた。太一のことや千尋のことも話す。でも中心になるのは、やはり青木義文のことだった。

「――って感じで、ホント青木には困ってるんだけど」

青木の話ばかりだ。

「青木が――」

青木の話ばかりだ。

「――って言ってて、青木が」

青木の話ばかりだ。

「それでさ」

我慢《がまん》できずに千尋【三橋】は割り込んでいた。唯の口から青木の名を聞きたくなかった。負けを宣告されているようにしか、思えないのだ。

唯が蕾《つぼみ》のような唇《くちびる》を結んで佇《たたず》んでいる。忘れていた。自分が割り込んだのだから、なにか喋る必要がある。

なにかを。

傘を打つ雨のぽつぽつという音が、少し大きくなった気がした。

「唯さんは青木さんのことを、結局どう思っているんですか?」

その質問が自然と千尋【三橋】の口をついて出てきた。

尋ねられて、唯はしばらく動かなかった。

風が吹いた。ばちばちと大粒《おおつぶ》の雨が千尋【三橋】の傘を叩く。雨自体が強くなった気配はない。

「そう、ね」

この手の話を振られたら顔を赤くして喚く唯が、今は凄く落ち着いている。相手が、三橋千夏だと思っているためだろうか。

ここで語られるのはたぶん唯の本心だ。

雨がもっと強く降ればいいのに。千尋は思った。

「『好き』って言ってくれるから『好き』って、どうなんだろうってずっと思ってた。

色々してくれたから心を動かしてしまうのも、どうなんだろうって」

一時の静寂《せいじゃく》。

「でも、もう決着つけるよ」

はっきりとしたその声は、雨の音色《ねいろ》に惑《まど》わされることなく真っ直ぐ伸びた。

「そうですか」

「『もう』っていうか『もう少ししたら』かもしんないけど！」

最後は唯らしく、恥ずかしそうに傘をばさばさ揺らしていた。

「どっちにしても、決着ついたら連絡するね」

「いや……あ、はい」

いいです、と断りかけてしまい焦って首肯《しゅこう》した。

ああ、それから最後。

終わりを認めるために。

「後、宇和千尋のことはどう思ってますか？」

「え、千尋君？」

どうしてそんなことを聞くのだろうと言いたげに呟いてから、唯は答えた。

「う〜んそうだなぁ……。道場で長いこと一緒だし、あたしの誘いに乗って文研部に来てくれたし。スカウトのおかげであたしの評価上がったのよ！」

唯はふふん、と得意げな表情だ。

「千尋君はちょっと捻《ひね》くれてて、あたしをいじめてくることもあるけど……男の子の中じゃ一番可愛い後輩かなっ」

唯は明るく晴れやかに笑った。

笑われて、しまった。

わかっては、いたことだけど。

いや、だから、なにをやっている。

バカか？　バカだ。

低俗《ていぞく》なことに囚《とら》われる低俗な存在になり下がるな。心が弱っていたのか。情けない。

自分にはやるべき、やらなければならないことがある。

なにを言われようと、どうなろうと、課せられた目標を達成するしかない。

〈ふうせんかずら〉の声が蘇《よみがえ》る。

——こちら側に与《くみ》して、つまらないものしか見せないで、無事に元の世界に戻れると思わないで欲しいですねぇ——

体が芯《しん》の芯から震えた。傘の柄《え》を強く握る。左手の感覚がなくなっていく。

助けてくれ助けてくれ助けてくれ助けてくれ——自分で助かるしかない。

勝たなきゃ、自分には後がない。それを誰も、助けてはくれない。

しばらく後、適当なところで話を打ち切って千尋【三橋】は唯に別れを告げる。ふと頭上を見上げると、露《つゆ》をたっぷりと含んだ街路樹《がいろじゅ》が歩道側へ大きく張り出していた。

「ばいばい」

唯の弾《はず》んだ『ばいばい』を背中越しに聞いて、千尋は歩いていく。

唯の気配が離れていって、一人になる。

辺りはすっかり暗くなっていた。そこには誰もいない。

誰も自分を視界に捉えていない、誰も存在を認めてくれていない。

誰か気づけ。誰か見つけろ。誰か認めろ。誰か誰か誰か誰か自分を。

「うああああああああああああああああ！」

空に向かって、千尋は咆哮《ほうこう》した。

□■□■□

頭の中は真っ黒な雲に覆《おお》われていた。どうしたらいいのか全くわからない。切り口を変えようとしても、まともに機能しそうな計画は思いつけなかった。

日に日に文研部上級生五人は、いつも通りの調子を取り戻している。『幻想投影』など、自分のことなど、全く取るに足らない些事《さじ》の如《ごと》く扱っている。

最強だ、そう勘違《かんちが》いしていた『幻想投影』の力も、今冷静に考えてみれば穴だらけの欠陥品《けっかんひん》だった。どうしてあの時は、力を得たと無邪気《むじゃき》に喜んでいたのだろう。

全てはあなたの使い方次第ですよ、そんな言い方を〈ふうせんかずら〉はしていたが、誰がやったって結果は同じはずだ。まさか自分が他人より劣《おと》っては、いないだろう、し。だが客観的に見れば自分は——いいや、認めない。認められない。認めたら、自分は折れて立ち上がれない。


朝がきて、学校へ行く準備をして、登校する。

家を出る前、母親に「最近顔色が悪いみたいだけど、大丈夫?」と尋ねられた。なんと返事をしたかは覚えていない。

教室に入ってからも意識は覚醒《かくせい》せず、千尋はふらふらと過ごした。誰かと話した気はするが、誰となにを話したかは覚えていない。そう言えば、終始《しゅうし》円城寺《えんじようじ》がこちらを心配そうな目で見ていた気はする。どうでもいいが。

昼休みになった。

食欲が全く湧《わ》かなかったので、千尋は一人教室を出た。

食堂に向かう生徒の群れで、廊下《ろうか》はがやがやとうるさい。同様にどの教室も食事をする生徒達でうるさい。

急に、自分は一人なんだということを、千尋は生々しい手触《てざわ》りをもって感じた。

皆も同じように感じているのか。自分だけがそうなのか。

どちらにせよ、ここに自分の居場所はなかった。

千尋はふらりふらりと校舎を彷徨《さまよ》い、いつの間にか自分が部室棟の前にいると気づいた。人気のない方へない方へ移動している内に、勝手に辿《たど》り着いてしまった。

ついでだから部室に設置したボイスレコーダーを回収しよう。千尋は階段を登った。

階段を登り切り、四階。角を曲がって、——視界の先、目を疑う。

目立つ栗色の長髪をした、小柄な体の、見慣れた横顔。

桐山唯が、いた。

昨日雨の中で別れて以来、初めて姿を見た。

唯は部室に入るところで、まだ千尋には気づいた様子はない。

見つかりたくない。千尋は唐突《とうとつ》に思った。とにかく、今は嫌だ。

そろり、そろりと千尋は後退する、と。

「あれ？　千尋く——」

「【桐山唯にとっての八重樫太一】！」

とっさに千尋は叫んだ。

唯は一瞬間、硬直した。

「——ん？　あれ、太一か。……一瞬千尋君に見えたんだけど……？」

唯が「ん～」と眉間《みけん》にシワを寄せる。

「気のせいじゃないっすかね」

ギリギリ間に合ったか。

高鳴る胸をなで下ろしながら、千尋【太一】は言った。

「まあそうね。じゃ、入りましょ」

「お、桐山と千尋じゃないか。てかどうしたんだ、千尋に招集《しょうしゅう》はかかってないだろ？」

それは、決して今聞こえてはいけない声。

二年で昼休み集まることになっていたのか。

「……あ、え？　……え？　太一が……いて、太一が……え？　二人？」

階段を登ってきたのは、八重樫太一だ。そして自分は、『幻想投影』で唯に八重樫太一だと思い込ませている。つまり、今唯の目には八重樫太一が二人映っている。

〈ふうせんかずら〉が、どうしても解消しきれないと言っていたレベルの矛盾だ。

その時どうなるか。言っていたはずだ。〈ふうせんかずら〉は。

大変なことになるのだ。

大変とは、なんだ。それは自分に起こるのか。それとも唯に起こるのか。

人知を越えた現象が引き起こす大変なこととはいかほどのものなのか。

それに加えて今自分は、『幻想投影』を使っている場面を第三者に見られている。このままいけば、犯人だと気づかれてしまう。

千尋はパニックになった。

この場から消えるか。今すぐ。自分が『幻想投影』を起こしているとばれたら。自分は終わる。太一は自分を、宇和千尋を宇和千尋と認識している。宇和千尋がいた。そうなってはいけない。誤魔化せば。誤魔化すしかない。迷っている暇《ひま》は。ない。自分が生き残るには。自分が。自分じゃないとばれなければいい。


「【八重樫太一にとっての稲葉……円城寺紫乃】！」


危ない。千尋は冷や汗を掻《か》いた。とっさに誰かの名前を言おうとして、稲葉と言いかけた。だが稲葉はすぐにでもここに来てしまう可能性がある。

「千尋……いや。……あれ、稲葉、か」

頭が真っ白になった。

初めに叫んでしまった方が有効判定された、のか。全身から汗が噴き出す。

仕方ない。仕方ない。仕方ない。仕方ない。冷静になれ。

とにかく、自分がこの場から離れて——。

「おう、太一。……お、千尋もいんのか？　なんでだ？」

稲葉姫子《ひめこ》が階段を登ってきた。
太一の目には、本物の稲葉と、偽者である【稲葉】が映ったはずだ。
「あ……は？　稲葉と……稲葉で……二人……二人？　稲葉……稲葉……」
太一がぶつぶつと呟く。
「太一が……太一で……？　二人……太一……？　太一……二人……？」
唯がぶつぶつと呟く。
目玉が飛び出るほどに目を見開いた太一と唯は、壊れたように声を漏《も》らし続ける。
千尋の体がぶるぶると震えた。震えで壊れるんじゃないかと思った。
最早前後不覚に陥《おちい》る。
唯と太一は目が完全に飛んでいた。意識も飛んでいる。
壊れている。
壊れている。
壊したのは、外でもない宇和千尋というなに一つできない能なしだ。

そして、桐山唯と八重樫太一はその場に倒れて記憶を失った。

六章　この物語の主人公は

友達と昼食を終え、食堂から教室に帰る途中、円城寺紫乃《えんじようじしの》は永瀬伊織《ながせいおり》・稲葉姫子《いなばひめこ》・青木義文《あおきよしふみ》の姿を中庭に見つけた。三人は自分が所属する文化研究部《ぶんかけんきゅうぶ》の先輩達だ。

紫乃は友達に断りを入れ、先に教室に行って貰う。

話しかけよう。

そう考えて、しかし己の足は前に出ない。足の裏から地面に根が生えたみたいだ。動けずに、ここにいれば気づいて貰えるかなぁ、なんてことを考えながら三人を見つめる。

少し離れていて、話す声は聞こえてこない。

いつも、自分はそんな感じで同じ位置にいる。

でも今はもっと別の理由が足を重くしていた。

と、三人が話すすぐ側《そば》を、同じく文研部の先輩である桐山唯《きりやまゆい》が友達らしき人と二人で通りかかった。

いつもなら、唯は三人の下に駆け寄ってなにかしらお喋《しゃべ》りをするだろう。

けれど唯は、三人に向かってぺこり、と申し訳程度に頭を下げ、友達と歩いていってしまった。

よそよそしく。

まるで友達ではない、ただの顔見知りみたいに。

その様子を見て、永瀬が寂しそうにしている。稲葉が悲しそうにしている。青木が切羽《せっぱ》詰まった顔をしている。

あんなにもいつも輝いている先輩達が、黒く淀《よど》んだオーラを放っている。あの眩《まぶ》しい位の絆《きずな》が、今は、もう、見えない。

絆の糸が切れてしまっただけじゃない。

完全に、消えてしまっている。

唯が隣を歩く女子と共に紫乃の方に向かってくる。話し声が聞こえた。

「ねえ唯。あんた部活でなんかあったの？　文研部の子達と妙に仲悪くなってない？」

「そ……、そんなことないよ、雪菜《ゆきな》。なにも……ないよ」

「あっやし〜な〜？　クラスで伊織と八重樫《やえがし》とも距離置いてるみたいに見えるしさ」

「気のせいだよ……。だから気にしないで。……お願い」

「……唯にお願いされちゃ、お姉さんとしては聞くしかないね……。困ってることがあったらあたしに相談しなよ……あ」

唯の隣を歩く女子と紫乃の目が合った。よく見ると見覚えがある。確か、文研部の体験入部期間にマラソンをした時、お世話をしてくれた陸上部の人だ。

相手もこちらに気づいてくれたみたいで、ニカッと白い歯を見せてくれた。紫乃も慌てて頭を下げる。顔を覚えていて貰えた。ちょっと感激だった。

そして横を歩く唯は。

ちらりと紫乃を見ると、すぐ視線を前に戻して通り過ぎていった。

なにも言わず。

手も振らず。

表情も変えず。

まるで顔見知りでもない、ただの雑踏《ざっとう》を行く人間を視界に入れただけのように。

□■□■□

ある日を境に、八重樫太一《たいち》と桐山唯は文化研究部に関連する記憶を失った。

なにが原因なのか、二人の中でなにが起こったのか。それは全くわからない。ただ事実として、突然太一と唯が倒れ、記憶を失う事件が発生した。

記憶喪失《きおくそうしつ》などすぐ病院に行くべき事柄《ことがら》だ。しかしその必要はない、と稲葉先輩達三人は判断していた。失われた記憶が限定的で、――後これははっきりとは言ってくれなかったけれど――原因に心当たりがあるから、ということらしい。

二人が忘れたのは文化研究部の存在、そこで起こった出来事、そこで築き上げられた関係……まさしく、文研部に関することだけが、丸々頭から抜け落ちていた。

つまり裏を返せば、文研部以外のことはちゃんと覚えているのである。だから太一も唯も、日常生活に支障《ししょう》はないようだった。

また同じ部員だった認識はなくとも、同じ学年の知り合いとして、太一と唯の二人は他の文研部二年生の存在を認知《にんち》していた。そのためクラスの友達には少しおかしく思われることはあれど、記憶がないと勘《かん》づかれる気配はないみたいだ。

部活でしか接点のなかった紫乃と宇和千尋《うわちひろ》は、完全に忘れ去られてしまったけれど。

紫乃と千尋は、太一と唯の二人の世界から消えた。

それも仕方のないことなんだ。


紫乃は伊織・稲葉・青木の三人から聞かされた話を思い出す。

太一と唯の二人には、自分が記憶喪失状態だという意識があまりなかった。

記憶が『ない』のだから、当然かもしれない。

だがそうなると、自分が部活動に入っていないことはどう解釈《かいしゃく》されるんだ、という話になる（自分の本来所属する文研部を忘れているのだから）。

そこを本人達に尋《たず》ねてみたところ、二人とも特例が認められ、太一はプロレス研究会、唯はファンシー部（いったいどんな部活だろう？）に自分が部員一人で所属していると思い込んでいた。二人は文研部が『ない』世界に、完璧に適応《てきおう》しようとしていた。

もちろんそんな展開になって、伊織・稲葉・青木の三人が黙《だま》っているはずがない。三人はすぐさま、太一と唯の記憶を取り戻すため二人に思い出を聞かせたり、部活の成果物《せいかぶつ》を見せたりした。が、結果を出すには至らなかった。その策を実施《じっし》すると、太一と唯は頭が割れるように痛むらしく、話すことすらままならなくなるのである。

太一と唯の二人は、周りの皆が自分を文研部員の仲間だと見なす様子や、確かに『なにかを忘れている気がする』ことは意識できているものの、核心《かくしん》に迫れば頭に激痛が走り、深く考えることができずにいるようだ。

そのため太一と唯は、文研部のことを忘れて、後はただ普通に学校生活を送っている

——ということだった。

稲葉を中心に説明を終えた先輩達は「信じられないと思うし、病院に行かない判断にも納得ができきんだろうが。お前と千尋には隠しきれないと思うから……」と不安気に言い訳していた。けれど紫乃は、三人に向かってはっきりと言うことができた。

「信じられます」と。

自分は、それを、絶対に信じなければならないのだ。

でも遅すぎて、本当に信じなければならなかったものは、もうとっくの昔に通り過ぎてしまっていた。

なにもしていないのだから、無関係だ。そうも言える。

けどなにかができるチャンスがあるのになにもしなかった傍観者《ぼうかんしゃ》だって加害者だ。そう言うのなら、自分は間違いなく罪を犯した。

自分が、あんなにも素晴らしかった世界を壊した。

自分は、やっぱり役立たずで愚図《ぐず》な人間だ。

□■□■□

その日の朝、紫乃は勇気を出して千尋に迫った。もう目を逸《そ》らさない。

今までも何度かやったけど、逃げられてしまっていた。

今度こそと誓っている。頑張《がんば》るんだ。自分の責任なんだから。自分がやるしかないんだから。

「ち、千尋君っ」

もう、本当に心を入れ替えた。

この決意は、本物なんだ。

人気の少ない廊下《ろうか》、無言で千尋が振り返る。

「ひっ……」

思わず紫乃が声を上げてしまうほど、千尋の表情は危険な雰囲気《ふんいき》だった。目の下の隈《くま》が濃《こ》い。目が据《す》わり、頬《ほほ》もこけている。病人か、それとももっと危ない人みたいだ。

ずっと調子が悪くなり続けていた千尋だが、もう、臨界点《りんかいてん》だと思う。

その原因は――。

「せ……、先輩達大変なことになっちゃってるよね」

一切反応を見せず、千尋は死んだような目で紫乃を見つめる。

「……っ、あ、あれ、絶対原因があると思うんだよね。……ん？　あ、原因がないとあなってないから、絶対原因はあるんだけど。そういう意味じゃなくて……えと」

なにを喋っているんだろう。自分でもよくわからなくなってきた。

「つ、つ、つまり」

ごくりと唾《つば》を飲み込んだ。

千尋は動かない。ゾンビみたいだ。

「そのっ……原因にさ……」

恐がっちゃダメだ。踏み込まなきゃダメだ。

目の奥がじゅんと熱くなった。

「千尋君が関わってたり、しない、かな……？」

『あいつ』に。『あいつ』は。『あいつ』が。

嘘《うそ》だとしか思えない『あいつ』が、現実のものであるとするならば。

千尋の顔が真っ青になった。驚愕《きょうがく》が、恐怖が、顔全体を支配している。

その顔を見て紫乃は理解した。あれは、夢や幻《まぼろし》じゃなかったんだ。嘘や虚構《きょこう》じゃなかったんだ。自分とは関係のないお話じゃなかったんだ。

　自分に降った、現実、だったんだ。

「……は、はぁ？　なに、言ってるんだ？」

　随分《ずいぶん》間があってから千尋は返した。歯切れはとても悪い。

「だから……太一先輩と唯先輩の記憶がなくなっちゃったのって、『あいつ』が関わってたもので……、それに千尋君も関係してて、それが、原因で……」

「原因て、なんだよ？」

　目を泳がせていた千尋が、開き直ったかのように紫乃を威圧的《いあってき》に睨《にら》みつけてきた。

　青白い顔色と合わさって滲《にじ》み出る危うさが、とても恐かった。紫乃は身をすくめる。

「なあ、円城寺。教えてくれよ、原因て、なんだよ？」

　目が普通じゃない。普通じゃない千尋がずいと顔を前に押し出す。

　今の千尋はなにをしでかすか、わからない。

「お前も、『あいつ』を知っているのか？」

　それこそ、自分も記憶を消されてしまうんじゃないか？

　そう思った瞬間、体も頭も固まった。

　知らない。なにも。見てない。聞いてない。関わりたくない。

「……あ、あいつって？」

　思ってもいないことを口にした。自分から話題に出したはずなのに。

へらりと笑う。

逃げる用の笑みを、顔に貼り付けて誤魔化《ごまか》す。

なにも考えないで、そこまでできた。

いつだってそうしてきた。体に染みついた条件反射だ。

染みついて、滲み込んで、とれない。

千尋の瞳《ひとみ》に、今自分はどんな風に映っているのだろうか。

千尋が口を開く。

「なんでもねえよ」

切り捨てられる。

千尋から、世界から拒絶される。

「お前も、知らないんだろ？」

いや、本当に切り捨てているのは他の誰でもない——。

「知らないん、だろ？」

押し込むような千尋の問いに、気づけば紫乃は「う、うん」と首肯《しゅこう》していた。

そこに自分の意志はない。

ただこの世界に流されて、操り人形のように動いている。

「だよな」

暗く笑った千尋は、会話は終わったとばかりに離れていった。

千尋の背中を見て、はっと紫乃は我に返る。

なにをやっているんだ。そうじゃない。決意したはずじゃないか。

今更かもしれないが紫乃は走った。

「ち、千尋君！」

「……なんだよ？」

「あっ、あの……〈ふうせんかずら〉って——うぇ⁉」

制服のリボンを摑《つか》まれた。強い力で引きつけられる。

目の前で、血走った千尋の目が爛々《らんらん》と輝く。

「その名前を口にするな」

身の危険を感じて、紫乃は震えるようにこくこくと頷《うなず》いた。

千尋が強くリボンを握《にぎ》り込む。首元が締まって苦しい。恐い。目元に涙が滲む。

自分の震えが伝導《でんどう》して千尋の手が震えている。それくらいにぶるぶると、ぶるぶると
……違う？　ぶるぶると震えているのは、千尋？

胸倉《むなぐら》を摑まれ脅されているのだと思う。胸倉を摑む千尋が脅しているのだと思う。

でも、千尋のその手は、助けを求めているようにも見える。

それがなぜか、自分の勇気を呼び起こしてくれた。

踏み出すんだ。

「ち、千尋君……。だってわたし……もうっ、認めなきゃ！　わたしは……わたしも千

尋君と同じで、〈ふうせんかずら〉に会ってる——ぅぅ!?」

「だからっ、その名前を口にすんなよっっっ！」

恫喝《どうかつ》。恐い。恐いことしないでよ。

「あうっ……うう……」

涙が出てくる。息が苦しい。首は息ができないほど締まっている訳じゃない。でも空気を上手《うま》く吐き出せない。吸い込めない。呼吸の、仕方が、リズムが、狂う。

言葉を発せずにいると、千尋は乱暴に手を放し、「もう近寄るな」と言い捨てて走り去ってしまった。

その後、何度試みても千尋から話を聞くことはできなかった。


自分は、円城寺紫乃は、後藤龍善《ごとうりゅうぜん》に乗り移った〈ふうせんかずら〉と出会っている。

ある日突然、犬の散歩をしている時に声をかけられたのだ。

不思議な力を魅《み》せられた。

後藤龍善ではなく、誰かが乗り移っているのだと信じなきゃならない状況にされた。

不思議な力の一つをやると言われた。

それを使って、文研部の先輩五人に対してやって欲しいことがあると伝えられた。

恐がって嫌がっていると、宇和千尋も同じ境遇《きょうぐう》にいるから大丈夫だと諭《さと》された。

それでも恐がって、拒絶して、最後はがむしゃらに走って逃げ出した。

白昼夢《はくちゅうむ》だと思い、まやかしだと思い、現実だと信じずに目を瞑《つむ》った。だって、あんなことがこの現実世界でできるはずがない。

手に負えないどころじゃない。耐え切れなくなって自分は押し潰されてしまう。そんな大変なものを、他の人じゃなく自分に押しつけないで欲しかった。

だから全部、なかったことにした。

全部嘘だってことにして自分の世界から追い出した。

でも、千尋は全く異なる返答をしたみたいだ。

そして——なにかを起こした。

〈ふうせんかずら〉が授《さず》けたいと言ってきた能力について、紫乃は説明を聞いていないのではっきりとは知らない。

だからなにをすべきなのか、今の自分じゃ判断できない。まず千尋から事情を聞くことが、自分が問題解決のため一番初めにしなきゃならないことだ。

解決、って。

口にするのもおこがましい言葉だった。

自分はその一番初めのステップ、千尋から話を聞き出すことすらできないのだ。

自分なんて、行動しようがしまいが、結局なにも変えられない。

どうしようもなく、円城寺紫乃はこの世界の脇役《わきやく》だった。

今日は頑張ろうと思っていたんだ。戦おうとはしたんだ。

　けどもう、無理だよ。


その日の放課後は、体育祭の全体練習日だった。

紫乃も皆と同じように体操服姿《たいそうふくすがた》でグラウンドに出る。と、三人で固まっている稲葉・永瀬・青木がいた。最近はよく三人で話し合っている場面を見かける。

「あ、先輩。今日の部活は……」

「悪い。今日も休みだ」

稲葉が短く言う。少しイライラしているみたいだ。

「……と、いや、お前はなにも悪くないからしょげた顔するな、な？　だが……、当分部活は休みになるかもしれない。すまない」

八つ当たりだったと思ったのか、稲葉はすぐに優しい声をかけてくれた。

「あ、え、……は、はい。そうですか……」

「ごめんね、紫乃ちゃん」

永瀬が優しく抱きしめてくれた。いつもみたいにふざけている調子はなく、こちらを労《いたわ》ってくれている。

青木が訊ねてくる。

「もっかい確認なんだけどさ、紫乃ちゃんにはなんにも起こってないんだよね？　周りの人が変なこと言ったり、やったり、とか」

「……そ、それは一応大丈夫……です」

事実なのでそう答える。むしろ自分は加害者側だ。

自らの方が大きなダメージを受けているはずなのに、稲葉達は紫乃や千尋の心配ばかりをしてくれていた。

温か過ぎて、涙が出そうだ。

同時に胸がちくりと痛む。

状況に当たりはついているが、紫乃は〈ふうせんかずら〉や千尋のことをまだ稲葉達に言えなかった。それが三人を騙《だま》しているみたいに思えた。

いくらなんでも〈ふうせんかずら〉の話をして信じて貰える気がしない。おまけに——僕のことは口外しない方がいいと思いますよ……周り全員のためにも——と告げてきた〈ふうせんかずら〉のことを考えれば、迂闊《うかつ》に話せない。まずは自分より詳しい事情を知っているだろう千尋を切り崩すしかないのだ。

だから、力になりますと言って、三人の輪に加わることはできない。

紫乃は永瀬のやわらかな胸から離れて、後ろに一歩下がる。

「……部活できないのは残念ですけど、今は仕方ないです、から」

三人の目を見ずに紫乃は言う。

改めて三人から謝罪《しゃざい》を受けた。紫乃は「大丈夫ですから」と薄く笑う。なにが大丈夫なのだろうか。よくわからなかった。

そこに、八重樫太一と桐山唯が通りかかる。
二人は一緒に並んで、こちらへと向かってきていた。
「太一……！」
「唯……！」
稲葉と青木の二人がにわかに色めき立つ。永瀬もぎゅっと手を握った。
稲葉達の様子を見、その後太一と唯に視線を戻し、紫乃もドキドキと胸を高鳴らせた。
記憶を失ってただの知人に成り下がったはずの二人が、並んで歩いている。
まるで、仲のよかったあの頃のようだ。
期待感に胸が浮き上がる。
もしかして、今の今までの出来事は全部幻《まぼろし》で——。
太一と唯が稲葉達の存在に気づく。
二人共気まずげな顔をし、太一は大きく右に逸れ、唯は左に逸れた。
紫乃や稲葉がいる位置を大きく迂回《うかい》し、運動場の真ん中へと向かっていく。
二人と、三人の距離がどんどんと広がる。離れていく。
五角形は、蘇《よみがえ》っていなかった。
太一と唯は皆のことを避けている。逆にまざまざとその現実を突きつけられた。
「たい、ち」
呆けた声を出した稲葉が、右手で虚空《こくう》を掴む。

あれだけ仲のよかった恋人同士が、今は互いの肌を触れ合わせない。声も交わさない。

そこにはなにも残っていない。

やがて稲葉はがっくりとその場に崩れ落ちた。

「い、稲葉ん!?」

慌てて永瀬が支える。

「……あ、悪い。……ちょっと、腰が抜けた」

強がろうとする稲葉達の心にも、限界がきている。全てが崩れ去ろうとしている。

見てはいけない。紫乃は顔を背《そむ》けた。

文研部の先輩達が手も足も出なくなっているなど、あり得ない。信じたくない。

自分にはできなくても先輩達ならなにかをやってくれるはずなのだ。絶対に。

まさか自分に全ての命運《めいうん》がかかっているなんてある訳がない。

だって無理だもの。できないよ。

憧《あこが》れた五角形。自分と千尋が加わって、七角形になった。バランスを乱してしまわないか不安だった。なんとか上手くやれているようだった。

でも、その七角形は壊れてしまった。唯の二人と、紫乃と千尋の二人が抜け、今集まれるのは五人だけ。太一と唯の二人と、紫乃と千尋の二人が入れ替わりになった五人だけ。

奇《く》しくも、自分は憧れていた五角形の一角になれているのかもしれない。だがそれは自分の望んだ形じゃない。こんな形ちっとも望んでいない。

山星《やまぼし》高校文化研究部。そこにはまるで、五角形の存在しか許されていないよう。それが運命であるかの如《ごと》く、新入生が二人加わってすぐに、二人が押し出された。

世界は、文研部をそのように定《さだ》めたのだろうか。

運命に流されている。また自分はこの世界に負けている。負けたくない、けど。

誰も見ていないのに頭を下げ、紫乃はその場から遠ざかった。


体育祭全体練習が始まり、その後チームごとの応援合戦の練習に移った。

紫乃のクラスと、稲葉達のクラスも所属する緑団の練習は、ぐだぐだだった。

緑団の演目は三年生と一年生・二年生で役割と動きが全然違うので、分かれて練習を行っている。その一年生・二年生の方がどうしようもないくらいにダメダメなのだ。

一番の理由は、紫乃達のクラス、一年二組に一切やる気がないこと。

今日は、これまでの練習でしきり役となっていた稲葉の動きが鈍《にぶ》く、にぎやかし役の青木のテンションも低いため、いつにも増して酷い有様だった。

「じゃあ振り付けの復習から——」「もうちょっときびきび体を動かして——」

二年生の人達は頑張ろうとしてくれているのだけれど、一年生に漂《ただよ》う、薄ら寒い空気を変えられやしない。だらだらちんたらと、ゾンビみたいに動く群れだ。

「だりぃよな」「暑いし」「ないわ、マジで」「なにが応援合戦だよ」

ぶつくさと小声の文句が飛び交う。一つ一つが明瞭《めいりょう》に聞こえる大きさの声ではない。

でもそんな囁《ささや》きが集まったざわめきは、悪意の固まりになり二年生にも届いていた。それがどんどんと空気を重くしていく。どんよりとした空気に、紫乃の気分も落ち込む。

矢面《やおもて》に立っている訳でもないのに、お腹が痛くなってきた。

嫌だな、と思う。

帰りたいな、と思う。

そんな紫乃の気持ちも、声に出していなくても、悪意の固まりに重みを加えているんだろう。つまりは自分も、加害者だった。

いつでも自分は傍観者《ぼうかんしゃ》で、気づけば加害者になっている。

そこに思い至っても、自分はなにもしないでいる。

気づいているのに動けないフリをして、みしみしと悪意の固まりに重みを加える。

みんなやっているもの。わざとじゃないもの。どうしようもできないんだもの。

だから、自分は悪くないんだもの。

ふと、代表者として前にいるにもかかわらず、とりわけ動きの悪い人に目が留《と》まる。

宇和千尋だ。

全身から出る黒いオーラは、周りの人の明るい気持ちも全て暗黒に落とし込んでしまいそうだ。

文研部のトラブルに対して自分はなにもしていない。本当に原因を持っていて、本当に悪い可能性があるのは、千尋だ。それは事実なんだ。

でも――。
いつでも自分は傍観者で、気づけば加害者になっている。

□■□■□

自分が嫌になる。

体育祭の練習が終わって制服に着替えた後、東校舎の屋上に出た紫乃は、今日一日の自分を振り返ってしょんぼりと項垂《うなだ》れた。

風に吹かれながらグラウンドを眺める。

一人でぼうっとしたかった。屋上にはほんの少し人がいたけれど、皆周りに関心を払っておらず、誰の目も気にしないでよかった。雲が張ってきたため暑さもましだ。

屋上の柵《さく》に寄りかかって、紫乃は「はぁ」と溜息《ためいき》を漏《も》らす。

凄く情けないし、凄くみっともない。

今度こそ頑張ろう、この決意は本物なんだ。そう思って行動していたのに、いつの間にか元のうじうじと情けない思想に囚われている。

自分では重大な決心をしたつもりだった。心を入れ替えたんだと自分の胸で呟《つぶや》いた。

朝は確かに、強い意志を持っていたはずだった。

それなのに、自分の想いは半日すら保たなかった。

己の責任なんだと自分を鼓舞《こぶ》し、自分がやるしかないんだと意気込んでいたはずが、途中から相も変わらずの他人任せの思考をして、全てを人に押しつけていた。

これまで、何度似たことを繰り返してきただろうか。

実用書だったり、小説だったり、漫画だったり、映画だったり。色んなものに感化されて、なにより自分で「このままじゃダメなんだ」とたくさんのチャレンジをしてきた。

もっと明るくなりたい。もっと運動ができるようになりたい。もっと勉強ができるようになりたい。もっと友達が欲しい。もっと楽しい人生を送りたい。もっとみんなから愛される人になりたい。

もっと、幸せになりたい。

変えたいとは思う。

変えなければならないと感じる。

変えようと踏み出してはみる。

だけど理想を求めて一歩踏み出しても、二歩目が踏み出せても、三歩目が踏み出せても、そこで止まってしまう。それ以上前には進めずに、同じ位置に戻ってきてしまう。

まるで世界に見えざる力があるようで、先に進める人と、進めない人、それは初めから決まっているんじゃないかと疑ってしまう有様《ありさま》だ。

なんで変われないんだろう。

踏み出した。

高校生になって、自分の高校生活を左右する大事な大事な部活決めで、大冒険《だいぼうけん》をした。

自分の理想に近づくために、自分とは違う次元にいる人達に近づいてみる努力をした。

踏み出した。

恐くて恐くて仕方なかったけれど〈ふうせんかずら〉というバケモノの存在を認めた。

踏み出した。

状況を打開しようと、恐い千尋に向かっていった。

やろうとはしている。努力はしている。

でも踏み出しても、自分にはできない。

もうなにもかも、自分には成し遂げられないんじゃないかと思える。

なにもできない。なにも残せない。

自分がこの世に生きる意味なんて、ない。

柵の隙間から地面を見下ろす。凄く高い。柵を乗り越えて飛び降りれば、自分の体はぐしゃりと潰れて、もう惨《みじ》めな思いをせずに――ってなにを考えてるんだ。冗談でもやめろ、そういう話は。自分が恐くなって紫乃は柵から離れた。

その時、だ。

中庭に永瀬らしき人がいるのが見えた。目を凝らす。永瀬だけではなく、稲葉も青木もいた。また三人で相談でもしているようだ。

遥か上空から、小さな三人を見下ろす。

あれだけ凄く見える先輩達も、こうやって見ればちっぽけなただの人間に過ぎないのだな、と感じる。神様はこんな風に、下界の人間を眺めているんじゃないだろうか。

だとしたら、自分達のやっていることはとてもバカバカしい。

もう既に決まった運命の下に生まれながら、その運命を知らずに無駄に抗《あらが》おうとする。流されるべきなのに、逆らおうとして余計な傷を作る。

そんな生き方をして、なんにな——。

視界の先の下界。

永瀬達三人が、一斉に散った。

突然なにかすべきことが定まったのか。他の事情でやるべきことができたのか。

とにかく三人はバラバラな方向に走り出した。

稲葉は北校舎の方へ、永瀬は東校舎の方へ、そして青木は校門の方へだ。

小さな人間達が真っ直ぐに走る。

小さな人間達が力強く地を駆《か》ける。

小さな人間達が……いや、小さくなんかなかった。

三人は、大きく大きく見えた。

なにがそうさせているのか。わからない。第一本当に大きくなっているはずもない。

校舎の屋上から見る三人はどうしようもなくちっぽけだ。

だけど、大きく見える。輝いている。

なぜ。

どうして。

わかっているなら教えてよ。

教えて、自分にもそうできるようにしてよ。どんな秘密があるの。

――それを。

その秘密を知りたかったから、自分は文研部に入ったんじゃなかったのか。

勇気を出して、踏み出したんじゃなかったのか。

あの時の気持ちを思い出す。

一度はやったことなんだ。自分にも一歩目を踏み出すことはできるんだ。

二歩目、三歩目で止まってしまっても。一歩目は、踏み出せているじゃないか。

なら、また、もう一度。

自分だって。

紫乃は歩き出した。

階段を降り、廊下を歩き、紫乃は部室棟四〇一号室を目指す。

踏み出すんだ。変えるんだ。胸の内で呟きながら進んでいく。

今のままじゃ無理だ。自分の気持ちを高めなくちゃならない。そのために部室に行こうと思った。そこで自分の出した勇気と、先輩から学んだことをちゃんと思い出すのだ。

紫乃は部室棟の階段を登る。

心に薪をくべろ。熱く心を燃やせ。戦うためのエネルギーを蓄《たくわ》える。

――今までだって何度も同じようにやってきたでしょ？

いじわるな自分が心の中で囁く。

――それでもできなかったでしょ？

違う。今度こそは違うんだ。

――今度こそって、今までの人生の中で何度言ってきたの？

何度も言ってきたよ。それで本当の『今度こそ』を迎えられなかったよ。だからまた今度こそって言っている。知ってるよ。

――じゃあもう諦めたら？

それでも諦めたくないんだ。諦めない限り終わらないんだ。

――それは無駄《むだ》な努力が終わらないだけで、本当に求めている『始まり』はこないんでしょ？

そう、かもね。

――今回の、この最悪の惨状《さんじょう》を招いてわかったでしょ？

ああ、本当に。

太一と唯に、とてつもない罪を犯して、永瀬と稲葉と青木をとんでもなく悲しませて、自分の器《うつわ》を思い知った。

階段を登る足が緩《ゆる》む。体が重くなる。立ち止まりそうに、なる。

でも。

自分より絶望の中にいるあの三人は、今日も、頑張っている。

時には雲に隠れてしまうこともあるけれど、大地を照らす太陽のように、輝いてくれている。

だから頑張れ、自分。

太陽を目印に歩け。

もう一歩だけ、もう一度だけ。本当の本当に最後だから。

そんな呪文《じゅもん》を、今までだって何度も唱《とな》えてきた呪文を繰り返して紫乃は足を踏み出す。

ちょっと泣きたくなってきた。でも階段を登る足は止めない。止める訳にはいかない。

できなくたって、やれなくたって、変えられなくたって。

どれだけ情けなくたって、自分はこうしていくしかないのだ。

いつまでも、いつまでも、いつまでも。

これからも、これからも、これからも。

そしていつものように――には、ならなかった。

部室の前に、八重樫太一がいた。

いつものように一人で気力を振り絞って足を踏み出し、一歩、二歩、三歩で立ち止まる。少なくとも、そうはならない。というか、今まさしくその経路から外れたんだ。

そこに、八重樫太一がいてくれたから。

太一を見て力を貰ったら、それは、もう一人じゃなくて二人でやったことでしょ？　というかというかというか……それ以前にだ！

自分が文研部であることを忘れた太一が部室を訪れている。つまり記憶が戻っているんじゃないのか？　だとしたらどれだけ素晴《すば》らしいことなんだ。

視線に気づいたのか、太一が紫乃の方を向いた。

太一と紫乃の目がばっちり合う。お互いがお互いを認識する。いつ以来のことだろう。

「あ、ここの部室の人ですか？　すいませんっ。関係ないんだけど、なんか、不思議と、ここに来たくなって……。自分でもよくわからないんですけど……。クラスメイトには記憶がなくなってるとか言われるし。いや、やっぱ今のは忘れて——うわ!?」

「太一先輩いいいいいいいぃ！」

もう色々感極まって訳がわからなくなって、紫乃はびえーんと泣きながら太一に抱きついてしまった。


見知らぬ女の子に泣きながら抱きつかれた太一は、さぞ驚いたことだろう。とにかく誰かに見られては不味《まず》いと思ったのか、太一は紫乃を部室棟の屋上へと引っ張っていった。部室棟の屋上はほとんど使用する人がいないのか、人影はなかった。

「あ、あの……。す、すいませんでしたっ」

落ち着いた紫乃はぺこぺこと頭を下げた。なんてはしたないことをしてしまったんだ。

「あ、いえ、お構いなく。ただ……セクハラで訴えるのはご勘弁《かんべん》を」

なぜか太一も恐縮《きょうしゅく》していた。お互いにぺこぺこと頭を下げる。

「いえいえ、太一先輩に非は少しもありませんので……」

「いやいや、そんなことないですから……」

「いえいえ……」

「いやいや……」

「いえいえ……」

「……あの、もうやめないか、このやり取り？」

「は、はいっ！　そ、そうですね、太一先輩！」

太一のおかげで不毛なジャパニーズおじぎ合戦を終えることができた。流石《さすが》だ。

「……でさ、確認なんだけど、君は俺のことを知ってるみたいだよね？」

久々に太一の声を真正面から浴《あ》びた。しかもその落ち着いて魅力《みりょく》のある声で『君』だなんてもう本当に天にも昇る心地……って今は余計だ。あっちいけ雑念《ざつねん》。

「は、はい」

「本当に悪いんだけど……覚えてなくてさ。……なんの知り合いだっけ？」

面と向かって覚えてないと言われると、結構堪《こた》えた。

「ええと……知り合いじゃない、です。……わたしが一方的に知っているだけで。あの、

「一年二組の円城寺紫乃と言います。よろしくお願いします」

「円城寺さん、か。よろしく」

ゼロになった関係が、改めて始まる。不思議な感覚だった。巻き込まれると危ないからと、稲葉には「太一と唯にはあまり近づくな」と言われていた。しかし今は不可抗力《ふかこうりょく》だろう。……ゆ、許して貰えるよね？

「ところでさ、円城寺さんはなんで泣いてたんだ？」

いきなり踏み込まれた。

「うっ……。そ、それは……」

そう言えば、前に伊織が「太一には突撃力があるんだよ」と教えてくれた気がする。後「その特性で稲葉んをデレばんという生物にしてしまったんだ。紫乃ちゃんも注意しろよ！」と言われた記憶もある。

「え、えっと……。そうは言われましても……」

「俺は確かに君のこと知らなかったけど、円城寺さんは知っていた訳だし。これも縁《えん》だと思うから、なにか困ってることがあったら助けてやりたいんだ」

助けてやりたい。

太一は、自身から見たら初対面の人間に、迷いなくそう告げた。

やっぱり太一は記憶を失っても関係なく凄かった。

こんな人には絶対に敵わない。自分が逆立ちしようがなにしようが——じゃ、ない。

『今度こそ』を今度こそ打ち破るんだ。

　なにかを変えたくて、紫乃は悩みを話してみることにした。

　詳しい事情を話す訳にはいかない。どう説明したものかと紫乃はまごついたが、一応伝えたい内容は理解して貰えた。

「何度踏み出しても、頑張ってもダメで。どうやったら本当に変われるのか、って感じなのかな？」

「は、はい……。おっしゃる通りです……。あ、でも今は自分が変われるかっていうよりも、なんとしてでも結果を出したくて……」

　よくよく考えれば、本来助けなければならない人に、助けを求めている状態だった。なんかちぐはぐでみっともない。

「結果、か」

「……わたし、もう本当に色々ダメなんです。なにもできないんです。頑張ろうとは思ってるんですけど、たぶんそれも、他の人に比べれば全然頑張れてなくて……。なんにも取《と》り柄《え》ないし」

「どうしてそう思うんだ？　円城寺さんだっていいとこあると思うんだが」

「な、ないですよ！　だって凄い人は本当に凄いですし。ホント、凄いんですよ！」

「へえ、そんなに凄い人がいるのか？」

「はいっ。例えばわたしの知っているある先輩は、とっても優しい人で、初めて出会った人に向かって『助けてやりたい』って言えるほど正義感の強い人なんです……あ」

しまった！　本人の前で本人の話をするなんて……！　もしかしたら気があると、変に勘違いされちゃうかもしれない。

「ふうん、そういうのって格好《かっこう》いいな」

「ついでにとっても鈍《にぶ》い人でもあるんですよね！」

太一が鈍くて助かった！　危ない、危ない。

「しかも聞いたところによると、なんですけど。学校一の美少女って言われるくらいの人と、もう一人凄く頭がよくて美人で可愛《かわい》らしい女の人、二人に好かれて奪い合いされて、最終的にその内の一人と付き合ってラブラブしちゃうような人なんです」

「なんだ、その贅沢《ぜいたく》な男は。一回痛い目にあった方がいいんじゃないのか？」

「わたしもそう思います」

結構真剣に。

「ええと……。そ、そんな感じで、凄い人がいて。わたしは全然なにもできなくて」

「いや、待てよ。その人が凄いのと円城寺さんの能力はなにも関係なくないか？」

「そ、ですけど。わたしは色々……足りない部分があって」

「あのさ、円城寺さんはなにを以《もっ》て『なにもできない』と思っているんだ？」

「え？　そりゃ……とろいし、勉強できないし、運動神経もイマイチだし、なにやらせても要領《ようりよう》悪いし、決断力ないし、緊張してすぐ失敗するし……とか、ですかね」

自分の言葉でへこんでしまった。

本当に、ダメダメだ。

こんな自分を見て、太一も困っているだろう。手の施《ほどこ》しようがないと思っているだろう——。


「なんだ、たったそれだけじゃないか」


予想を裏切って太一はそう言った。

びっくりして、聞き間違いかと思って、聞き間違いじゃないらしくてびっくりした。

「え……と。たった……それだけ……って！　全然『たった』に思えないです⁉　どこが『たった』なんですか⁉」

「いや、『たった』じゃないとしてもさ……。とろくて、勉強できなくて、運動もイマイチで、要領悪くて、決断力なくて、緊張してすぐ失敗する『だけ』なんだろ？」

「だ、『だけ』って！　大分致命的《ちめいてき》な気がしますよ！」

「そんなに興奮しなくても……。けど、事実だろ？」

「え、い、いや……それだけと言えば、それだけですけど。それが、凄く問題な訳で」

「どれも、円城寺さんがなにかをやれない理由に、なってはいないと思うけど」

なにかをやれない理由に、なってはいない。

「で、でもっ……」

「そのどの条件があったって、なにかができない訳じゃないだろ？」

事実だった。自分は今まで一歩目は踏み出せていた。だから、本当の本当にできない訳じゃない。やり遂げる根性がないだけとも、言える。

「本当に大切なのは、もっと別にある気がするんだ」

そしてそれは、誰でも持っているものなんじゃないのかな、太一はそう続けた。

「だっ……、だけどわたしよりもっとできる人がいてっ、その人がちょいちょいとやれることだって、わたしはもの凄く時間がかかって……！」

なにかずれたことを口走ってしまっている。

「そういう人がっ、なにかをやるべきで！　じっ、自分みたいな、なにもできない脇役みたいな人間が……なにを、やればっ」

「円城寺さんは脇役なんかじゃないさ。立派な、主人公だよ」

「しゅ、主人公って!?　わたしみたいなのがっ、主人公になれる訳ないですよ!?　……絶対、つまらない、ですよ、そんな話」

「でもそれは円城寺さんにしか紡《つむ》げない物語だろ、って思うけど」

円城寺紫乃にしかできない物語。

「それにさ、普通のダメな人間が、大活躍してものすっごいことやっちゃう話って、面白くないか？」

普通のダメな人間が大活躍する話。

確かに、王道だ。よくある話だ。

でもだからって、そういうお話でなんの理由もなく主人公が活躍することはない。

その主人公が、なにか特殊な力を手に入れたり、もしくは――。

「とにかく、行動することだよ」

凄く、大胆な行動をしてみたり。

かちりと、鍵《かぎ》の合う音がした。

なにか凄かった。なぜか凄かった。今までとは違う『今度こそ』がやってきそうな気がする。

自分は、ずっとこの瞬間のためにもがいてきたのではないのか。

そうとすら思えてくる。

起これ自己覚醒。

起こせ自己革命。

「……ちょっと、待ってくれ。今の俺……恥ずかしく語っちゃってないか？　俺はそんなキャラじゃ……いや。なにかを通じて……そういうことを学んだ気もする……？」

太一が恥ずかしそうにしつつ、同時に不思議そうに首を傾《かし》げている。

文研部に関する記憶が消えても、そこで得たものは失っていないのだろうか。

「太一先輩って相当クサイですね。そのクサさで女の子にモテるんですかね？」

「く、クサイ!? モテたとしてもクサイのは……ていうか俺モテてないけど」

「もっちろんわたしは声でモテモテてると思います！」

「話聞いてるか!?」

焦《あせ》った太一の表情がおかしくて、紫乃はくすくすと笑った。

本当に凄い人だなあと思う。誰かに、こんなにも勇気を貰ったのは初めてだ。

ひとしきり笑った後、紫乃はぽつりと呟いた。

「……わたしみたいなつまらない人間でも、やれると思いますか、太一先輩？」

「誰だってやろうと思えば、なんでもできると思うよ」

ですよね。

「『やろう』って思えるってことは、自分で可能性があると感じてるってことだろ。本当に無理なことは、たぶん『やろう』と考えられなくないか？」

な、なるほど！ なんという慧眼《けいがん》だ！

たぶん、わかった気がする。本当にわかった気がする。今度こそわかった気がする。

今改めて、思う。

文化研究部に入って、本当によかった。

「わたし……頑張れ、そうです」

「そうか。なにか力になれたら、嬉《うれ》しいよ」

温かな雰囲気に包み込まれる。ずっとここにいられたら幸せだろうな、と感じる。でもそういう訳にはいかない。自分は踏み出す必要がある。

そして太一を、もちろん唯も、外でもない自分が救うのだ。

「お話聞いて貰って、ありがとうございましたっ。やらなきゃいけないことがあるので、もう、行きますっ」

紫乃はしっかりと頭を下げてから、太一に背を向ける。

数メートル先に扉。

あそこを出た瞬間、始めるんだ。自分に暗示をかける。

けど太一から視線を外し、視界に誰もいない世界を見ると急に不安になった。

自分にできるのだろうか。この『今度こそ』を逃せば終わりなんじゃないか——。

一人じゃ恐いから、ちょっとだけ力を借りる。

「……太一先輩。最後に『頑張れ、紫乃』って言って下さい」

背後にいる太一にお願いする。

「あ、ああ……。頑張れ、紫乃」

「おっけえいい声頂きましたあああああ！」

紫乃は、足を踏み出す。

一歩、二歩、三歩、——四歩。

「あの……たぶんだけど。円城寺さん、キャラとしても相当面白いと思うぞ？」

□■□■□

この『今度こそ』は本物だ。

……って正直に白状《はくじょう》しちゃうと、今までだってそう思うことは多々あった。

そう思い込ませて、力を得ようとしてきた。

でも、その『今度こそ』は毎度毎度偽物だった。

決意しても願っても、ちっとも変えられなかった。

ちゃんと想いを持ち続けて成し遂げられる人もいる。比較してしまえば、自分は明らかにダメな人間だった。

ダメな人間。

とろくて、勉強できなくて、運動もイマイチで、要領悪くて、決断力なくて、緊張してすぐ失敗する『だけ』の人間。

そんなやっぱり人と比べて足りない人間が『今度こそ』を本物にするのに必要なこと。

それは、自分の世界を変えてしまえるほどの『行動』だ。

自分の世界を変えるなんて、生半可《なまはんか》なことじゃないんだ。だから、やるからには徹底的にやらないといけないんだ。

勉強ができるようになりたいから、毎日少しずつ勉強するとか。

運動ができるようになりたいから、毎日ちょっとだけ運動するとか。無難《ぶなん》なところから、無理のないレベルで、そうやってステップアップしてできるようになれる人は凄い。というか本来は正しいやり方だろう。

でも、そのやり方じゃできない人は？

できない。だから諦める。いやいや、そんな思考回路はふざけている。

それで変われないなら、それで変えられないなら、全てを変えてしまえるくらいの圧倒的な行動をするんだ。

例えば勉強道具だけもってどこか外部との連絡手段のない場所にこもる。

例えば無謀《むぼう》な鉄人トライアスロンを本気で完走するために山ごもりする。

例えば、――嘘としか思えない、夢としか思えない、現実だとは思えない、超人めいたバケモノである〈ふうせんかずら〉と対峙《たいじ》する。

太一から貰った言葉は、実のところただの言葉に過ぎない。それで、なにかがすぐできる訳でもない。自分の中でなにかが変わる訳でもない。

言葉だけなら、名言だけなら、偉大《いだい》な人間のものを今まで本やテレビからいくらだって学んできた。

でもそれは全て自分にとっては偽物だった……と言うのは少し語弊《ごへい》があるか。自分が、偽物にし続けてきただけなんだから。

言葉は言葉でしかない。文字の羅列《られつ》でしかない。それを本物にするのは、自分なんだ。

今度こそ、本物にしろ。

自分が尊敬する人に、直接頂いた言葉なのだから。

紫乃は想いを胸に進んでいく。

黒い雲からはしとしとと雨が降ってきていた。

そんな空から落ちる水ごとき気にしないで、真っ直ぐ前を見て歩いていく。

行動を起こしていたかもしれない。でもそれは、千尋に話をつけにいくという、やろうと思えば簡単にできてしまうレベルのものだ。

自分は人より情けなくて、普通の人ならなんてことのないものにすら勇気が要る。だから『なんてことないもの』をやっただけで、なにかをやった気になってしまう。

レベルの低い壁に慣れて、強度の弱い壁を越えるだけで満足して、体が完全になまくらになっていた。

違うんだ。そこに慣れてちゃダメなんだ。

怠惰《たいだ》に慣れてしまった人間がなにかを変えるんだから、それはもっと劇的《げきてき》なものでなければならないんだ。

あの存在は言っていた。

気が変わって、力を使う気になったら『ここ』に来いと。いつでも名前を呼べと。そうすれば、新たな扉を開いてやると。

場所は学校近くの自然公園。

上等だ。新たな扉、開いてやろうじゃないか。
世界を変えろ。
劇的に変えろ。
自分が変えろ。
息を大きく吸い込んで、紫乃は人生で一番大きな声を張り上げる。
「出てこい〈ふうせんかずら〉っっっ！」
自分の世界なんて、劇的な行動さえすればあっという間に変えられるんだ。

七章　この世界はいつだって

廊下《ろうか》を歩いている時、偶然桐山唯《きりやまゆい》とすれ違った。

唯はこちらを――宇和千尋《うわちひろ》を見咎《みとが》めることなくスタスタと歩いていく。

今日も唯は文研部《ぶんけんぶ》の部室に顔を出さず、放課後は道場《どうじょう》に赴《おもむ》くのだろう。

今の唯は文研部に関する記憶を持ち合わせていない。より正確に言えば、文研部に関することと宇和千尋を忘れてしまっている。文研部以外での接触経験があるため、文研部の二年生は同学年の生徒として認識していたのだが、千尋はその存在ごと抹消《まっしょう》されていた。自分が、ことを起こした張本人であるためかもしれない。

『幻想投影《げんそうとうえい》』で解消しきれない矛盾《むじゅん》を発生させ、唯と八重樫太一《やえがしたいち》の記憶を失わせる事件が起きて数日、千尋は己の無力さを嫌というほど思い知っていた。

ずっと持たざる者だった。ところが〈ふうせんかずら〉に出会い、『幻想投影』という力を与えられ、圧倒的な持てる者になれたんだと舞い上がった。思い上がりなど絶対にしないと誓っていたのに、気づけば自分が大それた人物だと勘違《かんちが》いしていた。

それだけで済めばまだよかった。なのに力を得た自分は、更なる力を得るという欲に溺《おぼ》れた。ずぶずぶずぶずぶと、弱い心を絡《から》め取られて深みにはまった。

そして、罪を犯した。

今までいた桐山唯はこの世界にいない。

今までいた八重樫太一もこの世界にいない。

二人が文化研究部《ぶんかけんきゅうぶ》で積み上げてきたものを全て壊した。もう昔の二人はここにいない。自分が殺したも、同然だ。

自分が持てる者？　大概《たいがい》にしろ。自分はその議論ができる台の上にすら乗れていない。

操る側の人間とそうではない人間がいる、この世界のシステムを自分はわかっているつもりだった。操られる側の人間にだけはなるまいと考えていた。

だけど気づけば、自分は〈ふうせんかずら〉に利用され、操られる側に成り下がっていたのだ。賢いつもりで粋《いき》がっていて、結局目の前にエサをぶら下げられたら、一も二もなく食いついてしまう醜《みにく》い家畜《かちく》だ。

誰も近寄るなよ、こんな人間に。千尋はそう思う。

この間もやたらと踏みいってくる円城寺紫乃《えんじょうじしの》を追い払った。

そこで〈ふうせんかずら〉は自分以外にも接触しているとわかった。自分だけが選ばれたなど、勝手な妄想《もうそう》だったとわかり、また惨《みじ》めな思いをした。

「お、千尋」

声をかけられて頭を上げる。

青木義文《あおきよしふみ》、だった。不思議と今日は文研部の人間と顔を合わせる。

「……お前顔色がヤバくね？　大丈夫か？　顔が青いっつうか、土色つうか……」

自分は、己が馬鹿にしていた人間に完膚《かんぷ》無《な》きまでに負けた。

「まあ……、唯と太一があんなことになって心配なのもわかるけど……。すまねっ、とにかく今は我慢《がまん》してくれ。絶対どうにかなるからさ！」

敵から、情けをかけられる。

「え〜、ま一た改めて聞くんだけどさ、千尋の周りで変わったこと起こってないよな？自分の知り合いが、変なことやったり、変なこと言ったりするみたいな——」

白黒はいつでも勝負が始まる前に決まっている。

自分は真っ黒な人間だ。

「——とか。……って聞いてるか、千尋？」

「うるさいんすよ、マジで。放っておいて貰って大丈夫なんで」

「へ？」

間抜け面を晒《さら》す青木を残し、千尋は教室に戻った。

この世界で、自分は生きる価値すら持ち合わせていない。

「おい宇和っちよ」

前の席に座る下野《しもの》が話しかけてきた。返事はせずに目線だけを上げる。

「……なんか、あっただろ？　目の下の隈《くま》から察するにゲームで夜更《よふ》かしか。ネトゲ始めた？　あれはまったらヤバイよな。流石《さすが》の俺も危機感覚えて封印《ふういん》したし」

意味のわからないことを言い出したので無視する。

「……え、違う？　あ〜、そっちね。女関係。あれだ、円城寺さんでなんか失敗したんだ。それともこっそり円城寺さんに彼氏がいて、もうエロいことやりまくりなんだろこの野郎！　ってやさぐれ感？　わっかるわー、その虚《むな》しさ」

「お前らなに童貞《どうてい》トークしてんだよ」

多田《ただ》が割って入ってきた。じゃんけんで負けて、仕方なく体育祭応援合戦代表者になった三人は、知らぬ間に妙な連帯感《れんたいかん》を生み出したのか、絡むことが増えていた。

「うるせえよ。テメエが童貞じゃないからって偉《えら》そうに！」

「おいおい下野。俺は一つも偉そうになんてしてねーだろ。これが童貞の被害妄想ってやつか？　恐いねー」

「くっ、くそがあああ！」

平和な、バカみたいなやり取りだ。くだらないと見下しさえしてきた。それが今は、最早《もはや》届かない存在にすら思える。遠い。遠過ぎて辛《つら》い。

なんであんなものに出会ってしまったんだ。

なんで話を聞いたんだ。

なんで力を受け入れたんだ。

なんで条件を呑んだんだ。

なんで、不幸にも選ばれたのが自分だったんだ。

「なあ宇和！　お前も言ってやってくれよ！　彼女持ちの奴は童貞の友達に優しく接しろって。つかできれば女の子を紹介しろって！　……そういや確認してなかったけど、まさかお前も脱童貞してるってオチじゃないだろうな宇和さんよ!?」

「下野はないにしても、宇和は基本男前だし紹介してやっても……宇和？」

その場にいられなくて立ち上がる。普通の会話なんて、もう、できる訳がない。

こんな状況で笑っていたらそれこそ滑稽《こっけい》だ。間抜けだ。クソだ。

教室を出ていく。

下野と多田がどんな顔をしていたのか。今は休み時間の残り的に教室を出ていってよいタイミングなのか。自分はなにか声を発して二人から離れたのか。

それさえわからない。


部活がないので授業が終わると一直線に帰宅《きたく》する。最近は道場にも行っていない。

自室に入ると同時、千尋は通学鞄《つうがくかばん》を放り投げる。教科書の入っていない鞄は、ベッドの上で軽く情けない音を立てた。

今日も、することなどはなにもない。ただ怠惰《たいだ》に無為《むい》を積み上げるだけだ。

ふと思い出して、本棚のアルバムを開いた。焼き増しして貰った文化研究部の写真が数枚あった。全て取り出して、ゴミ箱に捨てる。その後身を投げ出す。

「千尋。入るわよ」

室外から母親の声が聞こえた。面倒《めんどう》で返事をしないでいると、勝手に扉が開いた。

「着替えもしないで寝転がって……」

母親が苦言を呈《てい》する。親が部屋に来るのは珍しいことだった。

「千尋、最近早く帰ってきてるみたいだけど、部活はいいの？　それと道場も」

「……いいんだよ」

「本当に？　最近……元気がないように見えるのと関係あるんじゃないの？　千尋なら大丈夫だと思って任せてるけど、なにかあるんだったら……」

「ない。だから、いい」

面倒だ。クソがつくほど面倒だ。普段は放ったらかしのクセしやがって、こういう時だけ親面しやがる。なにもする気がないのなら、最初から最後まで黙《だま》ってろ。

「そうは言うけど、食事を残すことも増えてるし……」

面倒だ。邪魔だ。

「千尋はあまりしないけど、話してくれたら――」

「いいから出てけよっ！」

「……なにかあったら言うのよ？　わかった？　……ちゃんと、ね」

子供に言い聞かせるようにして、母親は部屋から出ていった。

なにもわかっていないクセに、わかった態度をしやがる。

それが癪《しゃく》に障《さわ》った。


次の日も、変わらぬルーチンをこなして家を出た。少しいつもより遅い気もする。そういえば昨日もか。ならもうこの時間帯が『いつも』か？　どうでもいい。

時間が流れていく。

たぶん今自分は生きていない、死んでいる。

気づくと通学鞄を持って学校を出ていた。今日も学校が終わったのだろう。

ほぼ一番乗りで校門を出たようで、通学路に山星《やまぼし》高生の姿は見えない。

ひとりぼっちだ。

夏の気候《きこう》、暑いはずなのに、腕《うで》で体を抱きたいくらいに寒さを感じた。

あれから、死刑執行《しけいしっこう》を待つ罪人のように、なにもせずにいる。

自分を取り残して、周りの世界は凡庸《ぼんよう》に過ぎ去っていく。

――こちら側に与《くみ》してつまらないものしか見せず、無事に元の世界に戻れると思うな。

もうどうしようもなく明らかに、自分は無事ではいられない。

いったいどうなる。なにをされる。

自分も記憶を消される？　なにかをやらされる？　道具として使われる？　それとも

存在そのものを消されてしまう？

終わりだ、もう。

致命的《ちめいてき》なミスをして終了。自分の人生は終わり。この人生じゃやり直すことはできないから、リセットボタンを押すしかない。

今度は生まれ持って祝福《しゅくふく》されることを願って、〈ふうせんかずら〉みたいな災厄《さいやく》に遭遇《そうぐう》しないことを祈って、リセットを。

今の自分を消して。

宇和千尋という人間をこの世から消して——嫌だ嫌だ本当は消えたくない！

「千尋君」

澄《す》んだ声が聞こえた。

女神のような声だ。待ち望んでいた声が、千尋の耳に届いた。

奇跡か。

奇跡だ。

奇跡が起きた。

叫び出しそうになるのを堪《こら》え、振り返る。

小柄《こがら》なシルエットの女子が、栗色の長髪を輝かせ、弾《はじ》ける笑顔で明るく温かなオーラを振りまいている。

桐山唯が、そこに立っている。

「……唯、さん？」

「今、帰るとこなの？」

朗《ほが》らかな春のような表情で唯は聞いてきた。

唯が自分の目を見つめている。宇和千尋という人間を認識している。

まるで、自分がバカげた失敗を起こすよりも前にタイムスリップしたようだ。

「いや……あの、唯さん……？　記憶が元に戻って……？」

「そ、それよ。……大変だったんだから。どういうことになっているのか、きっちり説明して貰うわよ。聞く権利はあるでしょ？」

説明は恐ろしく嫌なことのはずだ。でももういいと思えた。地獄から抜け出せる。罪に怯《おび》える必要がなくなる。自分は、消えなくていい。今はそれ以上に求めるものなどあるか？　いいや、ない。

わかりましたと千尋が応えると、「部室に行きましょうか」と唯が誘った。

「全ての原因は〈ふうせんかずら〉にあるってわかってる。あいつが全部悪いこともね。ちなみに〈ふうせんかずら〉はもう追っ払っちゃったから、心配は要らないわ」

部室棟四〇一号、文化研究部部室。しばらく訪《おとず》れていなかったが、その場所はなにも変わらず千尋を迎え入れてくれた。

あっけなさ過ぎて、今までの話が全て夢だったみたいだ。そう呟《つぶや》くと、唯は「そうね。

あれは夢の中みたいなものだから。千尋君はちっとも悪くない。だから、これまでのことを全て正直に話して」と言った。

あれは夢の中。そう告げられ、とてもしっくりきた。だいたいあり得ないのだ、奴の存在も起こせる現象も。全て夢だ、そう思うと肩の力が抜けた。

言葉は次から次へと溢《あふ》れ出した。

「文研部への入部を決めたあの日、自然公園に、後藤《ごとう》の体を乗っ取った〈ふうせんかずら〉が現れて。今日のところは挨拶《あいさつ》と顔見せだって言ってきて」

「何日か後に再会して不思議な力を見せられて、この力を欲しくないかと言われて」

「文研部の二年生五人に幻想《げんそう》を見せる力を得る代わりに、五人を面白くすることを条件にされて、上手《うま》くいけばもっと力をやるから、と。完全に惑《まど》わされました」

「それなりだと思っていた自分の人生が、普通じゃない力で劇的《げきてき》に変わると思ったんです。くだらない世界が面白くなると。力が欲しかったんです」

「初めは上手くいってるはずでした。けどだんだん上手くいかなくなって」

「その進行の不味《まず》さを〈ふうせんかずら〉に咎《とが》められ、脅《おど》されました。仕方なく今まで以上に現象を使ったんですけど、ご存じの通り跳ね返されて」

「それで慌てていて、心が弱っていたのも重なって、不注意で、解消しきれない矛盾を生んでしまいました……。そのせいで、唯さんと太一さんの記憶を失わせる結果になって……。本当に、申し訳ないと思っています」

「仕方なかったんです……。力に飲み込まれて、コントロールが利《き》かなくなって――」

不思議と勢いが止まらなくて、千尋は自身の心情までどんどんと語っていた。

唯は頷《うなず》きながら、自分の話を静かに聞いてくれた。

「一つ質問あるんだけど、いい？」

話も終盤《しゅうばん》に差しかかった頃、唯が初めて疑問を差し挟んだ。

「ちょっと今更なんだけど、千尋君はなんで文研部に入ろうと思ったの？」

どうして今そんなことを聞くのかと、少し訝《いぶか》しむ。だがまあ、答えてもいいだろう。

……ええと、なぜだろうか。実はちゃんと理由を考えたことがなかった。大半の理由は流れに乗せられただけで……。と、思考がまとまらないうちに、口が動いていた。

まるで、それこそが本心であるかのように。

「自分にないものが、本当は欲しいと思っているけど手に入らないものが、ここにある気がして……ですかね」

――そうなの、だろうか。

今のが、自分の『想い』なのだろうか――。

千尋は気恥ずかしくなった。この雰囲気《ふんいき》は不味い。なんでも喋《しゃべ》ってしまいそうだ。

「好きな人がいた、とかは？」

表情を変えず、唯が尋《たず》ねた。

どくんと心音が一段階大きくなった。どうした。どういう意味だ。

固まっていると、「あ、やっぱこれはいいや」と唯は首を振った。聞いておいてやっぱいいってなんだよと思ったが、愚痴《ぐち》は声にしなかった。

「だいたいわかったわ。話してくれて、ありがとう」

「いや、大丈夫です……」

話し過ぎたのではないかと、千尋は不安になった。大分と酷《ひど》い行いも告白したのに、唯が怒りを表さないものだから、つい吐き出してしまったではないか。

しかし唯に不快そうな様子はない。大丈夫、なのだろう。

「じゃあ、ちょっとだけ待っててくれる?」

言うと、唯は立ち上がった。トイレにでも行くのだろうか。

出入り口に向かう唯の後ろ姿を見て不意に、もやりとした固まりが頭に浮かんだ。

そういえば唯曰《いわ》く、太一の記憶も元に戻っているのだ。

太一も他の二年も事情を知りたいだろうに、なぜか唯一人に聴取《ちょうしゅ》されている。妙な気がしないでもない。

唯が外に出て、部室の扉を閉じた。

間を空けず再び扉が開く。

円城寺紫乃がいた。

申し訳なさそうな、同時に憐《あわ》れむような、二つが混じり合った表情をしていた。

「ごめんね、千尋君」

円城寺が呟いた。

意味が、わからない。唐突に現れ、なにがごめんだ。

それより唯は？　唯が出て二秒も経たない内に扉が開いた。二人は間違いなくかち合っているはずで……。

――ごめんね、千尋君。

……嘘《うそ》だ。千尋は首を振った。

だけど円城寺は謝罪した。扉の開閉時間はほんの刹那《せつな》。扉を閉じた本人が再び扉を開いたとしか思えない。そこにいたのは円城寺。

そして円城寺は千尋と同じく〈ふうせんかずら〉と出会っている。

全てが、一つの答えと繋《つな》がっていく。論理《ろんり》が一点に収束する。

つまり。

これは。

「もうわかってると思うけど……、さっきの唯先輩は、わたし。〈ふうせんかずら〉に貰った力を、使ったんだ」

出　し　抜　か　れ　た。

自分が。円城寺に。

そして、全てばれた。

「くっ、くっくく……あはっ、あはっははははははっはははは！」

なぜか笑いが込み上げて溢れ出た。自分の中からなにかが落ちていく、堕《お》ちていく。

自分の悪意が、悪事が、小ささが、最低さが、白日の下に晒された。

この世界では、当たり前に桐山唯と八重樫太一の記憶が戻っていない。

それを引き起こした犯人が、己が使用していた力でまんまとはめられ自供《じきょう》した。

欲しいものがあるから文研部に入った？　なにを間抜けな。自分は文研部を攻撃した、敵だ。敵になった人間が、なにを許されると思っている。

いい加減夢を見るなよ。まだ希望があると妄想するなよ。自分は、詰《つ》みだ。

もう、本当に、消えるしかない。

その考えが脳裏《のうり》をよぎった瞬間、千尋は出入り口の円城寺を押しのけて逃げ出した。


意味もなくがむしゃらに走り、街に出た。

息が続かなくなり、やむなく徒歩に切り替える。汗がだらだらと垂れ、シャツが肌に張りついていた。

そこは駅前の繁華街《はんかがい》だった。カラオケ屋やファーストフード店、飲み屋にその他ごちゃごちゃとした看板《かんばん》が視界を埋《う》める。

夕方、学校終わりに遊びにでもいくのだろう学生が多く見られる。それ以外にも雑多《ざった》な人種が混在していた。暑いのにスーツを着用した若い男。買い物帰りらしきおばさん。派手《はで》なギャル風の女。二人連れの外国人も見かけた。

人、人、人、人、人、人、人、人だらけの空間。

幸い、視界に山星高生は映っていない。その事実に千尋は安心を覚える。今の姿を、知り合いに見られたくないのだ。山星高生がいないこと、それは……それは本当か？

円城寺は『幻想投影』を使えるのだ。あいつは、誰にでもなれる。

つまりこの場所にいる誰かが円城寺紫乃かもしれない。

ここまで追ってきているとは思えない。でも追ってきているかもしれない。

自分の視界に映る何百という人間の、ほぼ全てが普通の人間である。しかし一人は偽者《にせもの》かもしれない。ここにいる全ての人間が、偽者である可能性を孕《はら》んでいる。その虚実《きょじつ》を判断することが、自分には不可能である。

なら、全て偽者であるに等しかった。

自分は今、『幻想投影』の箱庭《はこにわ》に囚われている。

その事実に気づいてしまった時、周りにいる人間が仮面《かめん》を被《かぶ》っているように見えた。

ニタニタ、一人の男が笑ってこちらに視線を向けている。

なんだ。誰だ。

突っ立っている千尋に背後から誰かがぶつかる。舌打ちしながら、女が通り過ぎていく。

『幻想投影』が使えるのは自分と円城寺だけのはず。しかし円城寺にも与えているのなら、他の人間が力を得ていてもおかしくない。

制服姿の女子高生が、じっとこちらを見ている。隣の女子とこそこそ話している。前から複数の若い男が歩いてくる。道に大きく拡がっている。まるでこちらを囲むように見える。まさか。いや。でも。自分は。

監視《かんし》対象にされている。

攻撃対象にされている。

全世界が自分を敵と見なしている。

そうとしか、考えられない。

だから千尋は逃げた。

逃げるしかなかった。

こんな恐ろしい世界で生きてはいけない。


あの自然公園に辿《たど》り着いた。

人気《ひとけ》のない場所を求めている内に奥の方に迷い込んでしまう。古びたベンチを発見したところで、崩れるように腰を下ろした。服の汚れなど、気にならなかった。

人の気配はない。鳥の鳴き声と木々のざわめきしか聞こえない。

疲れた。動きたくない。もう嫌だ。

でもやっと落ち着くことができた。

一人が心地《ここち》いい。一人は嫌なのだけれど、とにかく今は一人がよかった。

誰もいないので『幻想投影』に怯えなくてよいのだ。

改めて、現象に犯《おか》されても平然と過ごしていた文研部の五人を、バケモノだと感じる。

最後に整備があってから大分経っているのであろう、周囲はかなり荒れていた。寂《さび》れた雰囲気が今の自分にぴったりの気がして、ここに根を生やそうと決めた。

全ての始まりの場所で、自分が〈ふうせんかずら〉と落ち合う時に何度も使用したのがこの自然公園だ。唐突に現れる場合もあったが、こちらに一度考える時間を与える際は「決まったらこの公園に来い」と言われ続けた。毎度毎度、事前連絡をせずとも、こちらが行く時には、奴は間違いなくそこにいた。いったいなぜ、千尋が来るのに合わせて現れることができるのか。やはり後藤自体もグルなのか。

そして今、〈ふうせんかずら〉はどうしているのだろうか。

自分が現れたのだから、奴もここに向かっているとも予想できる。

〈ふうせんかずら〉がここに訪れる。

……ああ、もう、それでもいいな。

契約《けいやく》を投げ出した自分に、〈ふうせんかずら〉はどんな結末を用意しているのか。

――〈ふうせんかずら〉に終わらされる？

もう終わらされるなら、終わらされてもいい。

酷く疲れた。眠ろう。最近、ほとんど眠れていないんだ。

その日千尋は、家に帰らなかった。

□■□■□

明け方目覚めると全身が痛かった。流石にベンチは堅過《かたす》ぎた。

朝の、木々に囲まれた空間は少しひんやりとした。野良犬《のらいぬ》が一匹横切っていく。犬はちらっと千尋を一瞥《いちべつ》し、すぐどこかに行ってしまった。

首を回して凝《こ》りを取りつつ、頭を徐々に覚醒《かくせい》へと向かわせる。しかしよくこんな場所で一夜を明かしたものだ。

今は何時頃だろう。六時くらいか。携帯電話に電源を入れればわかるが、電源を切っていた間に届いたメールを受信したくない。たまに無駄《むだ》な心配性を発揮《はっき》する母親には「友達の家に泊まる」と連絡してあるので、妙な騒ぎにはなっていないだろうが。

今日は土曜日のはずだ。学校の心配はしなくてもいい。

ぼうっとしているうちに、日が高く昇《のぼ》り始めた。

さて、どうしよう。それに現状はどうなっているのか。

もう自分の行いは、円城寺によって永瀬《ながせ》・稲葉《いなば》・青木の三人へ伝えられたに違いない。

だいたいあんな真似《まね》を、円城寺が一人で考えつき実行に移すとは思えない。稲葉あたりからの入れ知恵があったはずだ。となると自分は、完全に敵と認識されている訳か。

昨日まではばれていなかったが、今では指名手配された犯罪者の如《ごと》しだ。

まだ本物の犯罪者の方がマシなんじゃないかと思う。罪を犯《おか》しても、法で罰せられ、その罰を受ければ、次なるスタートを切れるのだ。ところが法の枠外で罪を犯した自分には、それすら許されていない。

いっそ開き直るか。

わからないんです、知らないんです、〈ふうせんかずら〉ってなんですか。そう厚顔《こうがん》無恥《むち》にうそぶけば、うそぶけば……、うそぶけるか。これ以上生き恥を晒《さら》せるか。

なら残る選択肢はただ一つ。

消えること。

どうせいつも、くだらない世界だと思っていたじゃないか。持たざる自分は、本来そうあるべきように無難《ぶなん》に生きていても、そこそこの人生しか送れなかったはずだ。なすべきこともない。

なせることもない。

特にこの世界に、必要とされていない。

考えれば考えるほど、消えるべきではないか。

この世界はくだらない。

この世界はつまらない。

この世界は終わっている。

これから生きていても、世界に光なんてない。

だからいいんだ。

終わっている世界を怠惰《たいだ》に流れていくことを、終わりにしよう。

最後に、ド悪党《あくとう》なこととはいえ、デカイ花火も打ち上げられたし。

「くっ……くっ……くくくく」

無駄にデカく醜悪《しゅうあく》な花火。残すのはそれだけか。自分の人生。それで終わり。

終わり終わり終わり終わり終わり終わり終わり終わり終わり死ね——。


「千尋君、み一つけた」


背後から聞こえた声は、妙に弾《はず》んだテンションだった。

「や、やっと見つけたよ〜〜〜！　昨日からどれだけ捜したか……！　やっぱ自然公園かぁ……。もうっ、何回電話とメールしたと思ってるの！　反応してよ！」

円城寺が、千尋の視界内に躍《おど》り出て言った。円城寺のテンションはちょうど徹夜明《てつや》け《あ》で頭がギンギンに冴《さ》えている時に似ていた。なんか、笑えた。

「あ、笑ってる！　なんで笑うの⁉　こっちは千尋君が全然見つからないからお家にまで電話したんだよ⁉」

「……っおいなに余計なことしてくれてるんだよ」

思わず口を挟んでしまった。久々に喋ったので一瞬声が詰まった。

「し、仕方ないじゃん。あ、電話したせいで千尋君のお母さんが『友達のお家にいってるんじゃないの？　あなたは誰？』って感じになっちゃったから、わたしが千尋君の彼女で、二人は痴話喧嘩《ちわげんか》で揉《も》めてる設定になってるけど。お母さん妙に納得してたよ」

「面倒なことにし過ぎだろ」

なんだその大胆《だいたん》さと行動力。絶対いつもの円城寺じゃない……まさか偽者……！

「太一さんの声、どう思う？」

「『色っぽくて大人っぽい。けれど青年の青さも持っている』これが太一先輩の素敵声のわたし評、暫定版《ざんていばん》だ！　異論は認める！　ただし褒《ほ》め言葉に限るっ！」

この変態声フェチ具合は間違いなく円城寺だった。

しかしなんだ。人といるのが恐くて、一人になりたくてここに逃げ込んだ。より酷くなっている気もする。なのに誰かが、それも己の罪を知っている円城寺が来たというのに、普通に会話をしている。

もう終わるとか消えるとか考えていたことが、円城寺が来た途端飛んでしまった。意味がわからない。

「はぁ……とにかく無事でよかった……。どっか行っちゃったかと思って……、下手《へた》したら死……これなし！　今のなし！　不吉不吉！」

「……だからなんだよお前。俺なんか捜して……。まさか一晩中じゃ……」

「夜中は流石にお家に帰ったよ」

それでも夜中まで、か。

「……で、なんの用だ？」

一人になるにも、円城寺の用件を終わらせる必要があるんだろう。……仕方ない。

円城寺はベンチに座る千尋を見下ろし、一つ息をついた。

「千尋君、わたしと一緒に行こう。先輩達に……謝りに行こう」

ああ、結局あいつらの差し金か。

「行かねえよ」

「うん、ありがとう。気後れもあると思うけど、電話かけまくって走りまくって、昨日も夜まで今日も朝から捜し回ったわたしに胸打たれて……って来てくれないの⁉」

うぜえ。とっとと終わらせる。

「もう全部終わってるのに。俺が行って、どうするんだよ」

「お、終わってなんかないよ！　な、なにが終わってるの⁉」

「……終わりだろ。唯さんも太一さんも記憶がなくなって、お前に出し抜かれて俺のやっていたことが先輩達にバレて……」

「バレたの？　千尋君はもう自分から伊織先輩達に説明してるの？」

「いや、してないけど……。お前が言ってるだろ、もう」

「い、言ってないよ！」

「……え？」

信じられない。しかし嘘をついているような素振りはない。

「じゃあ、お前が一人で俺を騙《だま》して、その後俺を捜してって、やったのか？」

「う、うん」

あのちっぽけで弱くてへぼい円城寺が、一人で。

「……頑張ったんだよ。〈ふうせんかずら〉に会って、『なんとかしてくれ』ってお願いしてみたんだけど、イマイチ状況も説明してくれないし、自分でなんとかしろって言われて、この、相手に偽者の人物を見せる力を手に入れて……」

更なる衝撃《しょうげき》を受けた。円城寺は元より力を持っていた訳ではなかった。この惨状《さんじょう》を見て、状況を打開しようと、〈ふうせんかずら〉に直談判《じかだんぱん》しに行ったのだ。

いつ頃〈ふうせんかずら〉を知ったのかと尋ねると、千尋とほぼ同じ時期だった。その時自分は力を得る取引をしたが、円城寺は拒否した。そこが分かれ道になったらしい。

「俺は……力に釣《つ》られて……」

欲に溺れた自分を、今更ながら後悔《こうかい》した。

「わたしはただ……、ビビっただけだから」

小声で円城寺は呟いた。その瞬間だけ、弱くてヘタレな円城寺に戻っていた。

「でも、ビビりのわたしだけど、どうにかしなくちゃいけないと……、思ったから。わたしはなにが起こっているかほとんど気づいていたのに、行動しなかった。太一先輩と唯先輩があぁなったのは、わたしのせいなんだ……」

「わたしのせい、って、なんだよ」

その程度で罪を感じるな。

「わたしは傍観者《ぼうかんしゃ》で、加害者だったから」

じゃあ完全なる加害者の自分は？

「……それで？　俺と一緒に先輩達に事情を話して謝りに行って？」

苛立《いらだ》ちが募《つの》ってくる。攻撃したくなる。円城寺に合わせるのをやめる。

「え……、と」

「どうするんだ？　解決することでもあるのか？　あるとは思えないぞ？」

尋ねると、円城寺が「しまった」というわかりやすい顔をした。

「そう、なん、だけど……。でも先輩達にも事情を話せば、とっかかりが見つかるかもしれないよ？　先輩達は現象に何度かやられてるって〈ふうせんかずら〉も言ってた訳で。わたし達が現状の説明して協力すれば……」

「みんなで仲よく相談すればどうにかなるってか」

甘い考え。世界はそんなに甘くない、都合よくない。嫌というほど知っている。

「でもっ……」

円城寺は泣きそうな顔をして、下を向いた。

またこのパターンか、と千尋は思う。

なにか意志はあるらしい。だけどその想いの炎は弱過ぎて、軽く吹くだけでかき消える。それが千尋には異様に腹立たしかった。できないのなら、初めから上を見るな。願うな。――それはまさしく、過去の自分にも言えること。

持たざる者が中途半端に夢見ても、悲惨《ひさん》な結末になるだけ。

だから自分が止めてやる。悲惨なことにならぬよう――。

円城寺が顔を上げた。顔は凛々《りり》しく決意に満ちていた。

「行動しなきゃ。行動して、変えなきゃ」

口を挟む暇《ひま》も、なかった。

ああ、そうか。

「わたしは変わって、そして戦って、今の状況をなんとかしたいんだ」

円城寺は、変わったのか。そちら側に、いったのか。

悲惨にならぬよう止めてやる、なんて。バカげた言い様だ。

そんな善《ぜん》なる気持ちないクセに。ただ自分が、置いていかれたくないだけなのに。己の正当化のため場当たり的になっている、弱い自分に気づく。

同じように文研部に惹《ひ》かれ、文研部に入り、根本で似た性質を持っているのであろう自分と円城寺。たぶん二人は、同類だった。

けれどその二人が、今や決定的に断絶したのだと見せつけられた。

円城寺紫乃が正しい道へ。

宇和千尋が誤った道へ。

そちらにいけるのなら教えて欲しかった。こんな結末になるのなら忠告《ちゅうこく》して欲しかった。なら自分だって、もしかしたら自分だって、自分だって――。

「だから千尋君」

正しい道をいく円城寺は、誤った道に堕《お》ちた千尋の名を呼ぶ。

「千尋君も一緒に戦って」

そう願われた。

「一緒に戦う……って」

なぜ自分が必要なんだ。自分なんて必要ないだろ。

「わたしも頑張るけど。でも千尋君の力も必要なんだ。だから一緒に、頑張ろう」

自分が、必要。

「でも頑張るったってよっ、お前はまだ直接悪事を働いた訳でもねえからいいよっ。けど俺は直接原因を作ったんだぞ!? んな奴がどの面《つら》下げて頑張るとか言えんだよ!」

ああなんだこれ、まるで本当は頑張りたいみたいな。

いや、そうなのか。たぶん、そうなのだろう。

似たことが前にもあった気がする。頭で意識する前に、本心が口から零《こぼ》れている。

千尋の叫びを聞いて、円城寺が逡巡《しゅんじゅん》している。この言葉を外に出していいのか、迷っているみたいだ。

そして千尋は気づく。

自分は、円城寺のセリフに期待している。希望が、見えるからだ。

助けがある。助けてくれる。助けて貰える。

世界はくだらなくても、世界はつまらなくても、世界は終わっていても、世界がどれだけクソでも――終わりたくないし消えたくないんだ！　みみっちいけどそうなんだ！

だから円城寺を信じて託《たく》す。

救いが、祝福が自分に降り注《そそ》ぐのを、待つ。

「てっ、敵が改心して味方になる展開って……あ、熱いよね？」

……。

せめて照れずに言って欲しかった。照れがあるせいで元から寒いセリフが余計に寒くなっていた。一気に冷めた。やりなれてないキャラなら無理するな。

思えばさっきからバカらしい。二人でなにをやっているんだ。

「えと、あの……けどさ。わたしだって、悪いことやった人間だよ。頑張るなんておこがましいよ。……罪は消えないし。でもだからってなにもしなければ、もっと悪い人間になっちゃう。それがダメだとわかっているなら、今変えなきゃ」

今から変える。でも今更の進路変更なんて。

「二人の記憶を取り戻せたら、最悪の人間にはならなくても済むよ。……たぶん」

自分にも最悪の人間にならない可能性は、残っているのか。

本当に、いつまでどこまで円城寺に言わせるんだよ。

自分がどうしたいかなど、決まり切っているのに。

戦いたい。

敗者復活戦をしたい。

罪は消えなくても償《つぐな》いたい。

そしてできるならば、元の場所に戻りたい。

戻りたくないなんて嘘は、つけない。

「わたし、千尋君のためにも頑張って〈ふうせんかずら〉に会ったんだよ！」

変なところを強調される。

「んな自慢《じまん》されても。俺、結構何回も会ってるし」

「や、やめてよ！　わたしの頑張りが普通のことに見えるじゃん！」

円城寺が真剣に焦っていた。面白い奴だ。

千尋はベンチの端《はし》に手をついて、立ち上がった。

それを見て、円城寺の顔がぱっと明るくなる。まだなにも言ってないぞ。

「まあ、謝罪と説明は……必要だよな」

「や、やった！　ありがとう！」

ばっと両手を挙《あ》げて、円城寺が全身で喜びを表した。明らかに喜びを表現し慣れていないぎこちなさだった。今までの人生にないくらい嬉《うれ》しかったのか？

「わたし……千尋君を変えられたんだね。わたし……変われたんだね……」

円城寺自身はどうか知らない。が、自分も変えられたのだろうか？　わからない。

「……円城寺は、変わりたかったのか？」

「うんっ、いつかは……先輩達みたいになりたいんだっ」

眩《まぶ》しい笑顔で、円城寺が夢を語る。今の円城寺を見て、無理だろうとはもう言えない。ちゃんと、行動がついてきているのだ。

それに対して自分は——まあ、最低限後始末《あとしまつ》をつけることは必須《ひっす》だろう。その後どうするかとか許されるとか抜きにして、まず終わらせなければ次に進めない。

どんな断罪《だんざい》でも甘んじて受け入れよう。殴られたって構わない。

罰して貰うと決意すると、肩の荷が下りて楽になった。自分に足りなかったのは、罪を受け入れる勇気だったのかもしれない。変に逃げ回ったから、逆に追い込まれたんだ。

向き合うこと、これが自分にとって必要な——正解だ。

あの円城寺がこれだけ変われたんだ。自分だって、変われるだろうが。

〈ふうせんかずら〉のせいで誤った道に迷い込んだクソみたいな男でも、一歩でもいいから、正しい道へと近づこう。

そして、自分も憧《あこが》れた存在のように、なりたい。


土曜日であったが、永瀬・稲葉・青木の三人を呼び出すことにした。制服で来て貰うのは申し訳ないので、自然公園とは別の、学校近くの公園を集合場所にした。

指定の場所で、千尋は円城寺と佇《たたず》む。もう二十分くらい会話はない。いつからか身動《みじろ》ぎするのもはばかられてお互いに直立しており、足が棒のようになっている。

「けほっ」と円城寺が咳《せき》をした。首を動かして見やると、顔が真っ青になっていた。

「おい、大丈夫か」

「お、おっけー、だい、じょうぶ……うぷ」

今度は吐きそうになったのか口を押さえている。

「いや、大丈夫に見えねえぞ。どっかで休んだ方が」

「顔真っ青で死にそうな人に言われても、説得力ないよ」

「関係ねえだろ……、それ」

酷い言われようだ。しかしそんなにも、自分の顔は青くなっているのか。

「お、怒られないかな？　……ん、や、怒られるとは思うんだけど、さ」

円城寺がずっと二人の前にあった不安を、形にして意識させる。

怒られる、その表現ではぬる過ぎる。本当はもっと、過激《かげき》な言葉に置換《ちかん》されるべきだ。

「お前が言い出したんだろうが。しかも今すぐ呼ぶって言い張って」

なぜ自分が励《はげ》ます側に回っている。役割が逆ではないか。

「でも……あ」

私服姿の三人が、前方からやってきている。

稲葉と、永瀬と、青木が並んで歩いている。偶然一緒になったとは考えにくい。先にどこかで落ち合ったのだろう。どんな打ち合わせをしてきたのか。

表情は優しくない、けれど険《けわ》しくもない。

今自分は、三人の目にどう映っているのか。それを想像しようとして、恐くなって頭に浮かんだ映像を打ち消した。

逃げたかった。今すぐ。どこか遠くへ。

憎悪と嫌悪の感情しか向けられる覚えがないのだ。逃げたい。恐い。

逃げたい、よな？

隣を見る。円城寺が震えて拳《こぶし》を握《にぎ》っている。唇《くちびる》をぐっと結んでいる。目に涙を溜《た》めて、しかし円城寺は逃げ出さず前を向いている。

円城寺が、頑張っている。

なら、先に逃げられるはず、ねえだろ。

こいつが逃げ出す前には逃げられない。もう負けられないんだ。絶対に。だからそれまでは、頑張れ頑張れ頑張れ頑張れ。

円城寺が稀《まれ》に口を挟みつつ、主に千尋が顛末《てんまつ》を説明した。

「――ということだったんです」

自分で話しながら、徐々に血の気が引いていくのを感じた。

円城寺の気の抜けた雰囲気に麻痺《まひ》させられ、ことの深刻《しんこく》さをいつの間にかはき違えていた。話してても大丈夫。そうしなければならない。あの時はそう思ったが、今省《かえり》みればとんでもない。許す、許さないの次元を越えている。

三人は、特に表情を変えず、時折目を瞑《つむ》ったり、考え込むように下を向いたりして、千尋の話を聞いていた。

その無変化の表情が、余計に千尋の不安を増長させた。それは円城寺も同じなのか、ずっと体を震わせ続けていた。

「す……すいませんでした」

自然と千尋は、地面に両膝《りょうひざ》をついていた。そのまま地に伏せて土下座する。人間て、こんな時自然と土下座してしまうんだなと、変に客観的に思った。

罰を受けて、正しい道へ近づく？　元に戻りたい？　呑気《のんき》にも程がある。その罪が大きければ、二度目のチャンスなど得られる訳がない

「ごっ、ごめんなさいっ……。あの……わたしも……なにもできなくって！」

円城寺も地面に伏した。完全に泣き声になっていた。

誰もなにも言わない。円城寺が鼻を啜《すす》る音だけがしばらく響いた。

人生で最も長く感じた数秒だった。

「おい、お前ら」

一番初めに声を上げたのは、稲葉だ。

　あれだけ好きな彼氏との間にあったこと、その全てを消し去り、取り返せなくしたのが自分だ。なにをされたっておかしくない。

「なにふざけた真似やってるんだバっっっカ野郎がっっっっっっ！」

　耳が割れるような大声だった。めちゃくちゃにキレている。そうだ、当然だ。

　覚悟していたのに、いざその怒りに晒されると全身が縮《ちぢ》み上がった。見下ろす永瀬と青木の視線も痛い。

　自分が変な気さえ起こさなければ。自分が唯と知り合いでなければ。

　自分がここに、いなければ。

　罪が襲う。罪に襲われる。

　罪悪感に食い殺される……とにかくもうめちゃくちゃに断罪されてしまいたかった。

「立て、紫乃」

　稲葉が円城寺の手を取って立ち上がらせる。

「顔を上げろ、千尋」

　恐る恐る、千尋は顔を上げる。すぐ目の前に稲葉の顔があった。恐怖で目を瞑った。

「テメエはあああああ、――――ていっ！」

　びちんっ。

　頭に、小さくて固いものが当たった。

「いっ!?」

目を開いて額《ひたい》を押さえる。

これは、もしかして……デコピン？

「さっさと立って砂を払え千尋。紫乃もな」

「……え？　あの……え？」

困惑する千尋をよそに、稲葉は服についた砂を落とすのを手伝ってくれる。

「お～よかったぁ～。一瞬稲葉んマジギレかと思ったよ～。大丈夫かい紫乃ちゃん？」

呑気なテンションの永瀬が円城寺に寄っていって、服をはたく。

円城寺も「へ？　あ、あのっ、そんなっ！」と困惑気味であった。

予想していた反応と違う。どんな仕打ちをされてもおかしくないはず。なのに一度罵《ば》声《せい》を浴《あ》びせられて、デコピンをされて、それだけ？

「紫乃は完全に悪くない。千尋はちっと怒られても仕方ないが、それでも罪はない」

稲葉は断言した。

全てを話した訳ではない。しかし最低な心情も晒した。不可抗力ではなく、自分のエゴと心の弱さに負けてしまったとも告げた。なのに、なぜ罪がない？

続いて永瀬が口を開く。

「謝らなきゃいけないのは……わたし達だよ。〈ふうせんかずら〉って最悪な存在がいるのに、それを黙ったまま二人を部に誘って……」

「あ～、とりあえずさ、突っ立ってるのも疲れるから、あっちの方にでも」と言う青木の誘導で、五人は少し移動して遊具《ゆうぐ》や花壇《かだん》の縁にそれぞれ腰かけた。

〈ふうせんかずら〉と文研部の関係について、稲葉達三人から説明があった。自分が想像していたより、〈ふうせんかずら〉と文研部との関係は深かった。

「とまあ、アタシ達は巻き込まれる可能性を承知で、お前らを誘ったんだ。現象そのものに巻き込まれる最悪のパターンではなかったが、妙なことに巻き込んだ」

悪い、と稲葉が頭を下げ、続いて永瀬や青木も「ごめん」「すまん」と謝罪をする。

「いえっ……そんな、先輩達が謝ることは……」

円城寺は恐縮《きょうしゅく》しっぱなしだ。千尋もフォローを入れる。

「そうですよ……、どう考えても悪いのは俺と、後〈ふうせんかずら〉ですし……」

「そうさちっひー、悪いのは〈ふうせんかずら〉なんだ！　だから気に病《や》まないでねってことさ！」

黒幕は裏にいる奴だから、自分達が争っても意味がない。それが稲葉達の主張だった。

「ただ少し、アタシの逆鱗《げきりん》に触れた部分もあるぞ」

稲葉が声のトーンを変える。

ああ、やはり、改めて断罪が訪《おとず》れ――。

「……お前ら、困ったらなんでアタシ達に相談しにこない!?　基本だろうがっ」

「だよね～。わたし達先輩に頼って欲しかったよね～」

「稲葉っちゃん。伊織ちゃん。そうは言ってもさ――」

いつもの調子で、二年生三人は話している。

なんだ、これは？

凄過ぎる。レベルが違い過ぎる。あれをほとんど無罪で赦《ゆる》す？

大本の原因は〈ふうせんかずら〉にあって、そこに近づけてしまったのは文研部の二年だとしても、許せるか？　少なくとも自分には無理だ。

「け、けど……太一先輩と唯先輩が……」

円城寺が口にする。

稲葉と永瀬と青木の顔が瞬間凍る。

けれどやがて、その氷も溶け出す。

稲葉が先陣を切った。

「大丈夫だ。アタシ達はいつだって五人で現象を乗り越えてきた。今回はあの二人が戦闘不能だが、似たような状況は過去にもあったんだ。今回だって」

今度は青木だ。

「だしさっ、今回はオレ達だけじゃなく、紫乃ちゃんも千尋もいる！　つまり五人だ！　五人いれば無敵なのさ！」

そして永瀬も。

「いいこと言った青木！　みんなで力を合わせて、今回だって大勝利するんだ！」

明るく笑顔で、言ってのけるのだ。

なんだ？　だからなんだ、これは？　なんなんだ？

断罪される覚悟だった。けれど肩すかしで終わった。

ただ、圧倒的な差を見せつけられた。

わかっているつもりだった。でも突きつけられて、ぽきりと、心がへし折られた。

こいつらは、自分が死ぬほど悩んだことを、つゆほども問題にしていない。

こんな人達のようになる？　無理だ。

本物の前で、偽者の自分がなにをしても、それは滑稽にしかならない。どれだけ頑張ってみても、偽者は偽者でしかないと思い知らされるだけだ。

ずっと逃げていたと気づき、罪を受け入れる勇気を出し、向き合うことに決めたら、だ。見つけてしまったのは、頂上の見えない絶壁《ぜっぺき》だった。

境界があるとは知っていた。でもその境界を、羨望《せんぼう》があったクセにきちんと見つめてこなかった。ぼんやりと想像だけで、わかった風になっていた。

今初めて、その絶壁を前にしている。

ここを登れるなんて思えない。

三人を見ていると、お前は一生そこにいろと、世界に見放された気しかしない。

「……てか勝手に協力して貰えるって思ってるけど、いいのかな？」

真顔に戻った永瀬が訊《き》いた。

協力？

自分の力がどこに要るんだ。どこで役に立つんだ。そう思って千尋はなにも言えない。しばらく沈黙が続く。ほら、円城寺だって——。

「もっ、もちろんです！　わ、わたしもできる限りお手伝いしますっ！」

「よしっ、頼んだぞ紫乃ちゃん！」

笑顔の永瀬が返す。稲葉も青木も笑う。円城寺も笑って、和《なご》やかな空気が生まれる。

そうか、円城寺はもうそっち側か。千尋と同じ境遇にあったとはいえ、円城寺には元々素質があったのだろう。素直で心は綺麗《きれい》そうだったし。

だってその前提条件がなければ、円城寺だけ急に変われる説明がつかないだろう？

「ちっ、千尋君……も？」

おどおどとこちらを窺いつつ、その円城寺が尋ねてきた。

もう、同じ仲間として見られない。

この場で自分は、独りだった。

「……そうですね。俺も……はい」

千尋は肯定《こうてい》した。この場でノーとは言えまい。

「じゃあ、策を具体的に練るか。つっても書くものもねえし、一旦帰宅して、制服に着替えて部室に集合だな」

稲葉が提案すると、すぐに青木と永瀬が応じた。

「了解です稲葉っちゃん！」

「よ〜し、もう止まらないぜ〜！　今日も明日の日曜もぶっ飛ばす！　月曜になって学校始まったらもっとぶっ飛ばす！」

「わ、わたしも……、頑張りっ、ます！」

円城寺も気合い十分だった。

皆が歩き出そうとした時、最後に永瀬が付け加えて言った。

「ああ、今は力を借りなきゃ解決できないから、協力して貰ってるけど。この件が終わったら文研部、辞めたって大丈夫だからね」

もう終わった時を考えて、こちらを気遣うことさえできている。理解の範疇《はんちゅう》を超える。

五人は揃《そろ》って帰路《きろ》に就く。

千尋も途中までは他の面々と一緒だったが、皆とルートが違ったので「じゃあここで」と別れた。

稲葉と、永瀬と、青木と、そして円城寺が自分から離れていく。

一人になった千尋は、その場によろよろとしゃがみ込んだ。

立ち上がって戦う気力が湧《わ》かなかった。

「なんかもう……無理だろ……」

せめて罰していてくれたら、と思う。そうすれば自分の中で決着がつき、今の自分から生まれ変われたかもしれないのに。

向き合ったにもかかわらず、道が開くどころか絶望を知るだけ。

世界は変わらない。

もう、今日はダメだ。なにもする気が起こらない。いやわかっている。自分にはしなければならないことがある。解決しなければならない大事がある。でも、今はダメだ。けどやらなきゃ。だからそう、――明日から頑張るんだ。

集合時間になっても、千尋は部室に行かなかった。

□■□■□

日曜を挟んで月曜日になった。体育祭はもう来週に迫っている。

昨日も一日中ずっと死んでいたが、今日の目覚めも酷かった。

最悪だ。土曜日部室で集合する件をすっぽかした。日曜も文研部でなにかしら活動していたようだが参加していない。

一度行くタイミングを逃すと、もう二度目は行けない。あまりにもハードルが上がり過ぎている。もう今更だ。そんな感情に全身が拘束《こうそく》される。

いや、違うんだよ。行かないのには理由があったんだ。ずっと寝不足で、一夜を外で明かしたものだからそれが決定打となって、体調を崩した。体がだるくて起き上がれなかったんだ。……熱はなかったけど。

きちんと訳を説明すれば、理解して貰えるだろうか。あんな大事さえ許してくれるのだから、たぶん、大丈夫。

でも、今から入れてくれなんて、言えるのか？　その勇気はどこで手に入る？

なぜあの日の自分は行動しなかった。なぜやらなくていいと思った。

あの日の自分を、心底恨《うら》んだ。

学校に行くことさえ恐ろしかったが、体は自然と登校の準備をしていた。なにも考えず流される者をバカにしていたが、自分だってその中の一人だった。

朝出かける時、わざわざ玄関まできた母親に声をかけられた。

「その様子だとまだ大変そうだけど、彼女さんとしっかりやりなさいよ」

そう言えば、円城寺が変な言い訳をしたんだっけか。

「いや、それは」

「お互い熱くなり過ぎている場合もあるから、一旦距離を置いてもいいんじゃない？」

弾んだ声でアドバイスまでしてくる。

「おい、人の話を」

「仲直りしたら家に呼んだっていいのよ。……あ、ダメになったら、またしばらくして他の子と恋をすればいいからね。高校生なんだから、いっぱい恋したって——」

面倒過ぎるので無視して玄関を出た。

教室に着きすぐ確認したが、円城寺はまだ登校していない。少しほっとする。

「宇和」

前席の下野が、ちょいちょいと千尋の通学鞄をシャーペンで指した。

「……鞄がなんだ？　え……机に出して開けろ……？」

意味がわからない。が、とりあえず千尋は指示されるままにする。

と、下野が素早い動きで鞄から紙袋に入ったブツを取り出し、千尋の鞄に移した。

なにをしている？　訝《いぶか》しみながら千尋は紙袋の中を確認す——。

「おいやめろ！　ここで取り出すんじゃない！」

——肌色が全面に押し出されたパッケージが見えた。所謂《いわゆる》『エロいやつ』だった。

「……なにが目的なんだよ……オイ」

千尋がますます怪しんでいると、登校してきた多田が千尋の席に寄ってきた。

「ん？　おう多田。聞けよ、俺今、宇和にいいものプレゼントしてやったんだ」

「へえ、じゃあこれも……俺からもプレゼントになるかな。宇和さ、今度遊びに行かね？　日程は決まってないけど、女の子は来る」

「なっ、なんだそのプレゼントは⁉　プレゼントのレベル越えてるだろ⁉」

下野の方が千尋より先に反応していた。

「てか……プレゼント、プレゼントって。俺、誕生日でもなんでもねえぞ」

「まあなんか、お前やばいくらい落ち込んでたじゃん？　まともに喋れるようになっただけマシだけど」

多田が言って、「確かに。一時期相当きてたよな」と下野が笑った。

「俺を慰《なぐさ》める……ために？」

「言葉に出すな恥ずい奴だな」「んなとこかね」

いきなり、なぜこんなことをしてくれる。メリットは、目的はなんだ。

「それで下野は映像作品……多田は本物の女の子……」

「そこつっこまなくてよくない⁉　俺も虚《むな》しさ感じてたんだからさ⁉」

「はっはは、いいじゃん宇和」

自分の言葉で多田が笑う。

ふと、人が笑う輪にすんなり入れている自分に気づく。

あまりにもさり気なく、あまりにも呆気なく。

世界から見捨てられていたのに、今はどうだ？

温かい空気に包まれている。

人とは、こんなにも温かいものだったか？

「で、どうなんだよ宇和？」

「……え？　ああ、……じゃあ、体育祭が終わってからでも」

無下に断れず、多田の誘いを承諾《しょうだく》してしまう。

「よし、決まりな。つか……体育祭、ね」

多田が苦笑いすると、下野が呟いた。

「なんかさぁ〜、無駄に頑張ってるとこ多いから大敗の予感がすんだけど、うち」

「だよな……。ま、今更しゃーねえけど」

そう話して笑う二人は、なにか他のことを言いたげにも見えた。


授業中千尋は、教師から垂れ流される音声を無視して考え続けた。

終わったと絶望していた。今日も最悪の世界が始まると思っていた。

なのに世界は妙に優しかった。

全部拒絶して、受け入れないようにしていたけれど、心配され、助けられている。そんな自分を発見する。

円城寺も、稲葉も、永瀬も、青木も、母親も、下野も、多田も。

あれだけのことをした最低な自分を、世界は責めないばかりか守ろうとする。

自分の認識と違う。世界はそうじゃないはずだ。もっと慈悲《じひ》がなくて、生まれながらに祝福された奴しか報《むく》われないところの、はず、だ。

自分が間違っているのか？

頭の片隅《かたすみ》に、ずっとその疑問はあった。

今日は久方ぶりに調子がいい。今探せば答えが見つかるんじゃないかと思えるほど。

千尋は探してみる。首を回して教室を見渡す。

古文《こぶん》の授業中。ペンを動かしている奴もいれば、ぼうっとしている奴もいて、突っ伏している奴もいる。……いや、流石に教室に答えが落ちているとは思わないけれども。

一人の男子と目が合った。そいつも授業を聞く気がなく暇を待て余していたらしい。

向こうが「にっ」と笑う。思わず、千尋も「にっ」と笑い返す。

なぜか笑えてきて千尋は顔を伏せた。やってはいけないことをやっている共犯意識が、その場限りの奇妙な可笑《おか》しさを生み出していた。

自分が笑えていることに驚いた。意味もないのに、なにもないのに、あれだけの絶望を感じたのに、人は笑えるんだ。

そして思い至る。

もしかして、だ。

自分は世界の見方が間違っている？

自分は世界に見放されていると思っていたけど。

でも本当は。

そうじゃなく、自分は世界に愛されているんじゃないのか？

見方を変え、考え方を変えればだ。

自分は罰せられなかった、だから変われなかった。けれども、自分は罰せられていないのだから、誰に恨まれている訳でもない。

唯と太一のことは罪だ。でもそれも、稲葉達は大丈夫と信じ切っている。つまり大丈夫なことなのだ。

難しく、捉《とら》え過ぎだったんじゃなかろうか。

この世界はもっと単純で、人生はもっと楽に生きることができる。自分よりなにも考えていなさそうな連中が上手くやる理由は、その真理をあっさり受け入れているためではないか。

これが自分にとって必要な——正解か。

そう考えつくと、それが正しいとしか思えなくなった。だから稲葉達も、円城寺達もあんなに上手くいくんだ。大切な真理《しんり》に辿り着けた自分も、同じように成功するだろう。気分が高揚する。まるで精神がハイになったよう……いや違う、自分は冷静だ。

この前までは流れがあまりに悪い時だったんだ。今はその悪い流れも止まった。円城寺に見つけて貰って、それから客観的に考えてもいい波が続いている。

今ならできる。この勢いに乗って行動するしかない——。

勢いに任せて、恥じる気持ちを誤魔化《ごまか》し、教室で円城寺の前に立った。

座る円城寺が千尋を見上げる。今いかないとダメだ。今いかないと本当に一生できなくなる。己の心に鞭《むち》を振るうよう、言い聞かせる。

「あの、さ」

無理矢理に勇気を振り絞ったが、恥ずかし過ぎるぞこれは。

見上げられているのに、見下ろされている気分になる。

「土曜とか……、本当に悪かった」

目を見ては話せなかった。

「ちょっと、精神的にも肉体的にもやられてて……」

「それで？」

円城寺の反応が予想から外れていた。もっと喜び勇《いさ》むように、一緒に頑張ろうとでも言うのかと期待していたが、違った。こちらを見極めようとしているみたいだ。

「だから……、俺に手伝えることはないかと、思って」

「そ、そっか……うん、そうか」

円城寺はどこか緊張した様子で頷く。

「でさ、話はどこまで進んだんだ？　例の件について」

「と、とりあえずこっち来て」

人に聞かれるのは不味いから、と廊下に連れ出された。

近くに誰もいないことを確認してから、円城寺が話し出す。

「えっと、今やっているのは〈ふうせんかずら〉がここ最近で現れた場所への張り込み。奴なら二人の記憶を戻せるかもしれないから。わ、わたしや千尋君に会う時は、同じ自然公園を指定してきたし、今の〈ふうせんかずら〉はあそこが気に入ってるんじゃないか、って」

これが一つ目ね、と言って円城寺は続ける。

「そ、それから太一先輩、唯先輩へ少しずつ過去の話をすること。二人への負担が大きいから大胆にはやれないけど、少しずつやってる。あ、後、過去の話に関係なく仲よくなろうとしてる。ショック療法として、もう一度あの力で解消しきれない矛盾を起こす案も出てるけど、それは危険過ぎるかなって今は保留中。で、と、稲葉先輩達は自分達が面白くなれば奴は出てくると思うからって、そっちのラインでも検討中で……」

たくさんの情報が流れ込んできた。そこまで色々な対策を練《ね》り、既《すで》に行動が始まっているとは思わなかった。それを、つっかえながらも円城寺が説明し切ったことも、千尋には驚きだった。

「そ、そうか。それで……俺にできることは？」

千尋は尋ねた。

すると円城寺は、再びこちらを見定めるような表情をした。

「わからないよ」

垂《た》らしてくれていると思ったロープを、ひょいと外された気がした。

「いや、おい、あのさ……」

なんだよ、それは。出遅れたのは確かだが手伝うと話しているのに、感謝もされない。行動したら変わるんだろ。「行動して、変えなきゃ」と円城寺も言っていた。なにより自分にはいい流れがきているはずなんだ。

「あ……えと、うん。……先輩達に聞いてみて」

なるほど、そうか。次はそうすべきなのか。


「本当にすいませんでした……。あの、俺もなにか手伝いたいと思って」

放課後、部室に出向いて千尋は頭を下げた。

部室に向かう時は胃が痛かったが、前もって時間を指定したので遅れる訳にはいかなかった。それに、円城寺がこう行動しろと言ったのだ。自分はなにも間違っていない。

「精神的にも肉体的にも参ってて出遅れました、けど」

顔を上げて、稲葉、永瀬、青木の表情を窺う。出迎えムードはなく、皆厳しい面持ちだった。これも前回謝罪した時と同じように、後でさらりと受け入れてくれる前振りだとは、思う、のだが。

「おい千尋……覚悟はあるのか？」

稲葉が固い声で凄んできた。

試されているのか。それもそうか。

「それは……、はい」

稲葉の指す覚悟がなにかはわからないが、自分にも覚悟はあるはずだ。

「……伊織、どう思う？」

「うん……、ちっひーの力も必要だとは思う、けど」

けど、なんだ？

歓迎されている気配がない。

必要とされている雰囲気が、ない？　それはおかしい。

「まあとりあえずなんかやって貰って」

青木が提案すると、稲葉が渋い顔で頷いた。

「つーか、お前。自分のアイデアはなにかないのかよ？」

「え、ああ、そういうのは、ちょっと」

「なんで？」

「いや、……だって」

「稲葉ん」

機嫌の悪い稲葉を永瀬が制した。

なぜ問い詰められるような真似をされる。態度の意味がわからない。

協力を申し出て、出遅れたことも謝罪した。褒められたことではないとわかっている。

しかしあれだけのことを許したのに、今更腹を立てることがあるのか？

やり方を間違えたか。

それとも認識が間違っていたのか。この世界は単純で簡単で優しいんじゃないのか。

教えてくれよ、これでも必死に答えを探して行動したんだよ。

言ってくれよ、お前はそれでいいんだと。

けれど現実は厳しくて、稲葉には「今日のところは一旦帰れ」と告げられた。

□■□■□

朝起きると、稲葉からメールが届いていた。部室への呼び出しだった。きまりが悪かったが、すぐに応じた。だって、向こうが来いと言っているのだ。

「千尋の役割は〈ふうせんかずら〉との接触を試みること。それで説明を求め、可能なら交渉もする。……まあお前は〈ふうせんかずら〉に会おうとしてくれたらいい」

一時間目が始まる前の部室棟で、稲葉からそう告げられ、更に追加の指示を出される。

部室には他の面々も集合していた。

自分が〈ふうせんかずら〉と会ったシチュエーションを詳細に説明すると、「やっぱり自然公園に行くのが一番だろうな」と言われた。

だいたい向こうの都合でしか現れていないので、狙って会えるのかはわからないが。

どちらにせよ、自分に役割が与えられて千尋はほっとした。自分は必要とされているし、問題の解決に向けて行動できるのだ。

それからも軽い話し合いが続き、千尋は黙って聞いていた。

時間もないのでそろそろ切り上げようかという時、円城寺が発言した。

「あっ……あの。思ったんですけど、〈ふうせんかずら〉は後藤先生の体に乗り移ってくるから……、ご、後藤先生を見張ればいいんじゃないでしょうか？」

「ん？　ああ、それはほぼ無理な手だとわかっているんだ。アタシらが見張ってる時、奴は意地でも後藤に乗り移らない」

稲葉が答える。ますます思惑通り会うことができるのか疑問だ。

「あ……そう、でしたか。お手を煩《わずら》わせましょうに紫乃ちゃん！　どんどん意見言ってね！」

「お手を煩わせたってほどでないでしょうに紫乃ちゃん！　どんどん意見言ってね！」

「は、はいっ。が、頑張ります、伊織先輩」

すっかり円城寺は、先輩達に馴染《なじ》んでいるように見えた。


放課後は自分だけで自然公園に行くことになった。

公園の敷地内を一人で歩く。ここが馴染みの場所になるとは考えてもみなかった。

思えばいつだったか〈ふうせんかずら〉に脅されて以来、自分は奴に出会えていない。

まだ円城寺の方が近い日に会っているから、可能性が高い気がした。

ざくざくと、落ちた木の枝を踏みながら千尋は歩く。

無事に元の世界に戻れると思うなという脅しを受けた。しかし直接的報復《ほうふく》はまだない。

それはまだ判断を保留されているという意味か。それとも、二人の記憶喪失こそが、〈ふうせんかずら〉の脅しの正体だったのだろうか。

自分自身が生み出した罪、それこそが罰、か。

だとしたら救いがなさ過ぎる。一生罪悪感に苛《さいな》まれ続けるしかない。

自分はどうすればいい。

もちろん二人の記憶喪失が解消されれば一番だ。だからそのための努力をすべきだ。

記憶は本当に元に戻るのだろうか……いや、戻る。戻ると信じないとやっていられない。――無事に元の世界に戻れると思わないで欲しいですねぇ――。違う。

この物語の終着点が見えない。

始まった時から、終わりの形を考えてこなかった、と今思い至る。異常な世界に足を踏み入れたのに、なんたる覚悟のなさだ。

自分が凄い人間だと思った。

偶然力を与えられただけなのに？

力を得て喜んで、上にいくのだとほざいた。

『上』とはいったいどこなのだ？

自分に帰属《きぞく》するものがない。根本から自分で考えたものがない。

ふと気づく。ここはどこだろうか。

ふらふら歩いている内に、今まで来たことがない場所にいた。

なにも考えていないから。今も、そうしろと言われたからここにいる。指示された通りに動いて喜んでいる。

あれ？　待て。

自分は、――〈ふうせんかずら〉に会ったらどうすればいいんだ？

「これで終わりなんですか……ねえ宇和さん……？」

雑木林《ぞうきばやし》から、声が聞こえた。

地獄《じごく》の底から呻《うめ》くような声だ。

視界に『なにか』が映り込む。

生気のない後藤の姿をした、『なにか』だ。

まだ放課後だろ。教師は学校に残っているはず。学外に出ていいのか。どうやって抜け出している。なぜこちらの動きがわかる。どこまで支配されている。――浮かべる必要のない疑問ばかりが頭を駆け巡る。

〈ふうせんかずら〉がいる。

〈ふうせんかずら〉が、いる。

接触した。できた。で、どうすれば？　説明を求め、交渉を。タイミングが悪い。細かい指示を稲葉がしていたが……説明の求め方と交渉の仕方はあったか？

「最近……力を使ってないみたいですけど……もう終わりなんですかねぇ……？」

問われる。

体が硬直《こうちょく》する。

大きな呼吸音が耳に届く。自分のものだろう。なのに息が苦しい。酸素《さんそ》が足りない。

〈ふうせんかずら〉がなにかをしている？

そんな気がするだけ？

自分が勝手にそう感じているだけ？

「いやいや……返事をしてくれないと……。本当にこれで終わりですか……？　なら、もう、……あなたを終わらせますよ？」

罰は、別に、あるのか。

あれ以上のものが。

自分に直接与えられるものが。

なんだ。

記憶か。

全部忘れるのか。

「それだけで済むと思います？」

口には出して、いない、はず。

まさか心を透視《とうし》されている？

「や……やめてくれ……。勘弁《かんべん》してくれ……嫌だ……」

震える声が漏れ出た。目から水も垂れているかもしれない。その場に跪《ひざまず》く。

「いやいや……だって……ねぇ……」

淡々とした声が余計に恐怖を煽《あお》る。

罰せられたいと思っていた。罰がないと嘆《なげ》いた。なのにこの様。罰せられないからあ

あだこうだと能弁《のうべん》を垂れて、それも結局、己を正当化して逃げるための方便《ほうべん》だった。

〈ふうせんかずら〉の目が光る。やられる。やられる。思った。やられる。恐い。

誰か。今更だけど。誰か。

頼むから。

今回だけでいいから。

助けて、くれ。

「あっ……ふうせっ……〈ふうせんかずら〉！」

第三者の声だ。

それは救いか。

後ろを振り向いた。

自分の前に現れた救いは、——円城寺紫乃だった。

「嘘……本当に……あ、待って⁉」

円城寺が駆け出した。前方に目を戻すと〈ふうせんかずら〉が雑木林に消えていく。

「ま、待って！　……あ痛っ!?」

べちゃりと円城寺が転倒した。「う～」と唸りながら体を起こす。

「ち、千尋君なにしてるの!?　追いかけなきゃ！　捕まえなきゃ！　あいつを！」

「……え？」

千尋は立ち上がる。

「……い、行っちゃった……？」

が、〈ふうせんかずら〉はもう見えない。足音も聞こえない。

走り出そうとした円城寺が立ち止まった。「とりあえず連絡を……」と呟き、携帯電話を取り出す。稲葉に今の出来事を報告しているらしい。

「……はい、じゃあわたしはこっちで。学校前での張り込みお願いします」

本格的な〈ふうせんかずら〉捕縛《ほばく》作戦らしい。最終的に〈ふうせんかずら〉は、意識を後藤から抜けばいいのだから意味もない気もするのだが……違うのか？

円城寺が会話を終え、携帯電話をしまった。

「……千尋君」

振り返った円城寺は、険しい顔をしていた。今まで目にしたことのない表情だ。この顔の表す感情は……『怒』？

「千尋君っ、なんで……なんで黙って見逃しちゃうの!?　なんで追いかけないの!?　すっごい……すっごいチャンスだったじゃん今！　ねえなんで!?」

チャンス、だと？　どう考えたって、ピンチだろ。絶体絶命の大ピンチ——。

「〈ふうせんかずら〉を捕まえることが必要だって、千尋君もわかってたでしょ!?」

円城寺が千尋の制服を掴《つか》む。叫ぶ。感情のままに両手で千尋を揺さぶる。千尋はされるがまま、円城寺の迸《ほとばし》る感情を浴び続ける。いつもつっかえつっかえの円城寺が、その素振りすら見せず気持ちを叩きつける。

「だから……ああ、やっぱりっ、先輩達はわかってたんだ！」

「……なんだよ」

ぼそぼそと呟いた。〈ふうせんかずら〉が現れたらどうすべきかわからなくて、ひたすらビビっていたなんて口が裂けても言えない。あまりにばつが悪い。

円城寺が、ふっ、と掴んでいた千尋の制服を放し、一歩後ろに下がった。

「……初めはね、千尋君にももっと協力して貰うつもりだったんだよ。でも土曜日結局部室に来なくて、月曜に顔を見せた時も覚悟が足りてないみたいだって、先輩達が」

試され、見透かされていたのか。

「だから〈ふうせんかずら〉を見つけてと頼むけど、制約しないで勝手に泳がせておこうって。で、たぶん一番接触確率が高いから、その千尋君の動向を追おう、って」

「……つけていたとでも言うのか？」

「さっ、流石に完全に尾行するのは無理だけど、……似たような感じ」

だからあの場面で円城寺が現れたのか。確かにあれが偶然ならでき過ぎだ。

自分は、エサか。

その程度の価値しかないか。

ああ、その程度の価値しかないな。

「……つーか、ちゃんと捕まえなきゃダメだってわかってたら、ちゃんとやったさ。俺は接触してくれ、くらいしか言われてないし……」

「そうやって、人のせいにするの？」

その言葉が、突き刺さった。

突き刺さる場所が、自分の中にはっきりとあった。

「千尋君っていつも周りのせいにしてるよね。そういうの、先輩達に見破られてたよ」

周りのせいに。

見破られていた。

「逃げてばっかだよね。戦おうとしないよね。傷つくことから、逃げてるよね」

一切否定の言葉が浮かび上がってこない。

「前に家出した千尋君を見つけた時は、それで変わったのかと思ったのに、結局同じだったし」

一度目でも十分無様だったのに、それをまた、繰り返している。

変わろうとはしていたのだ。でもすぐになんて変われなかった。

「また行動したかと思ったら、他人任せなのは変わらなくて」

ボロカスに言い過ぎだろうが。

「じゃあよっ、どうすりゃよかったんだ——あ」

これだ。

これこそが、まさしく、他人任せだ。

「わたしも大したことないけど、……千尋君には言えちゃう気がする。だから言うよ」

——逃げて、逃げて。それで、いつまで逃げるの？


いつまで。

どこまで。

そんなこと、考えてこなかった。

先を見据えているつもりで、いつも、目の前の『楽』や『欲望』を優先させていただけの人間だったから。

人のせいにする。逃げている。戦おうとしない。他人任せ。

自分の正体を、次々突きつけられる。

そのどれにも、驚きはしなかった。全部、本当は知っていたことだからだ。

だって自分のことなのだ。本人が一番わかっている。

でもそれを、自分は最近まで知らなかった——いや、知らないフリをしていた。

それも含めて、逃げているのか。

逃げて、逃げる度《たび》に堕ちて抜け出せなくなった。

「ねえ、このままでいいの？　もう二度と、太一先輩と唯先輩に……唯先輩に、思い出して貰えなくてもいいの!?　今までのものが全部消えちゃっていいの!?」

なりふり構わぬ必死の形相をした円城寺が大声を出す。強過ぎる感情に晒されて、逆に千尋の頭は少し冷静になったほどだ。気圧《けお》されて、立ち尽くす。

それにしても、だ。

感情をそんな風に曝《さら》け出すって、自分達のキャラじゃないだろ。

本当の、本当に、円城寺紫乃は変わったのか。

そちら側に渡ったのか。

「千尋君って……千尋君って唯先輩のこと好きでしょ!?」

ずっと憧れていたんだ。

あの太陽に、影のような自分も近づきたかったんだ。

でも純粋な想いもいつしか忘れた。

後は見上げるだけになった。

近づくことのできるものという認識もなくなって、でも無意識に太陽を崇《あが》めていた。

無意識なんてあり得ないのに、意識から追い出して、傷つくのが嫌で逃げていた。

思い出す。思い出してしまう。あの日、唯と太一の記憶を失わせてしまったことを。

ただ自分が逃げたいがためだけに『幻想投影』を使った。

あれが人生で最大の逃げか。にもかかわらず懲《こ》りずに逃げ続けていたのか。

「これで終わっちゃっていいの⁉」

そして、円城寺に追い詰められた。

もうどうしようもなく、ここが、自分にとっての終着だ。

ここが、どん底だ。

これ以上ないどん底だ。

涙が零れそうになった。

感情を露《あらわ》にして気分が高ぶったのか、円城寺も目に涙を溜めていた。顔がぐちゃぐちゃに歪《ゆが》んでいる。ついに耐え切れなくなったのか、円城寺が下を向いた。ぽたりと滴《しずく》が落ちる。その後すぐ真上を見上げた。

それを見て気づく。

そうか、泣きそうな時に下を向いたら、涙が零れてしまう。

でも、上を向いたら、零れないんだ。

だから、上を見上げた。

すると眼前いっぱいに空が広がる。

その空は、目が痛くなるほどに青かった。

今はなぜか、空が一面の板には感じない。

奥行きを持つ、広く丸みを持った立体に見える。

美しかった。

自分がどん底にいても、今日も青空は美しかった。

目に溜まる涙はまだ引かない。だから空を見上げ続ける。

大きいなあと、広いなあと、子供みたいな感想を浮かべる。

まだ時間がかかる。なにか考えよう。でもこの空の下で、小さなことに頭を悩ませる気にならない。もっと大きなことを、でも自分自身の身近なことについて考えよう。

そうだ、この世界について、思いを巡らしてみようじゃないか。

この世はしみったれていると思っていた。

どれだけ真面目に勉強していたって、入試日にたった一度の不運のクジを引くだけで、取り返しのつかない人生の失敗になるのだ。

ずっと練習をしてこなかった女が、戻ってきたらあっという間に、真面目に練習をしていた連中を抜いて道場で一番になるのだ。

どれだけ想っていたって、気づけば遠くの存在になってしまうのだ。

変わろうと上を目指しても、まるでそこが定位置であるかのように、下に縛りつけられてしまうのだ。

ままならない。この世界はままならない。

この世界はつまらない。くだらない。終わっている。光なんてない。

でも、青空は今日もこんなに綺麗で——ああ。

もう、気づいてるんだろ。

この空は、いつだって変わらない。

いつだって美しい。

いつだって素晴らしい。


世界はいつだって、あるがままに存在している。


すとん、とその当たり前過ぎる事実が、自分の中に落ちていった。

世界は自分のことを見放して、厳しく当たりなんかしない。

かといって優しくて、自分に楽で簡単な人生を歩ませてくれる訳でもない。

世界はあるがままに、いつだって誰にだって平等に存在する。

変わらない姿で、自分達を見守っている。

しょうもない世界だと、自分は世界を見下してきた。でも心の奥底で、とある世界に憧れてもいた。その時点で、世界には両面があるとわかっていたんだ。でもそれを認めずに、ただつまらないくだらないと、思い込もうとしていた。

それはなぜか。

答えはつまらないくらいに単純だ。自分が、その憧れる世界に属せていないからだ。

自分が上手くやれなくて、自分の理想通りになっていなかったから、世界はそういうつまらないものだと解釈《かいしゃく》した。だから仕方ないと、自分に落ち度はないんだと上手くやれない己を正当化した。もし思い通りになっていたら、自分はこの世界を最高とでも思っていたのだろう。

自分の都合のいいように、世界を勝手に変えていたのだ。いや、もちろんこの世界は己の都合で変わるはずがない。

つまりそれは、自分のいいように、世界の見方を変えていたということだ。

自分に原因があるのに、世界のせいにした。

世界の『せい』にしてしまうくらいだから、万事が万事、他のせいにしていた。

自分で考えず、勝負せず、他人任せにして、周りに依存《いぞん》して。けれどプライドだけは一人前だった。頭をこねくり回して、自分が傷つかないように、自尊心《じそんしん》だけを満たせるようにしていた。にもかかわらず、実のあることはなにもやってこなかった。

そういう生き方をして、自分の世界を造ってきた。

全部、自分だ。

世界はあるがままにある。なのに世界は、たぶん人によって見え方が異なっている。

その違いは、観測者《かんそくしゃ》がどう眺めているかの違いだ。

あるがままの世界の見方を変え、自分の世界を構築しているのは自分だ。

それが最低に思えるのは、自分が最低だからだ。

濁《にご》っているように見えたのは、ただ自分のレンズが薄汚れていたからだ。

この世界の価値を決めるのは、その世界の色を決めるのは、他の誰でもない自分だ。

例えば今も、死ぬほどにどん底ではあるのだけれど、自分にはそうとしか見えなかったのだけれど。円城寺には違うように見えて、それをヒントに考えてみれば。

どん底にいるということは、バネが一番下まで縮《ちぢ》んで力が溜《た》まっているということ。

今は絶体絶命のピンチで、だから空前絶後《くうぜんぜつご》のチャンスだ。

世界の見方は自分次第。

これは、正しいことなのか？

迷い迷って、自分は正解に辿り着けたのか。

それはわからない。わからないからと言って放っておいて、誰かが勝手に正解を教えてくれるものでもない。

自分で、確かめるのだ。

正解は、正しいものは、いつ何時だって、そこにあって。

それを正しいと思うかは、いつ何時だって、自分に決定権がある。

あるがままの世界を認め、全てに自分で責任を持つ。

答えを胸に、千尋は首を正面に戻す。

「ち、千尋……君？」

円城寺が少々戸惑った様子だ。まあ、首が痛くなるほどずっと空を見上げていたら心配にもなるか。

「なあ円城寺」

声をかけながら千尋は念のため目元を拭う。濡れていない。

下を向かずに上を向いたら、涙は零れなかった。

「お前、変わったよな」

「え……ええ!? か、変わった!? わ、わたし千尋君がわかるくらいに変わった!?」

「変わったよ」

千尋が言うと、円城寺は「わ、わーい！ わーい！」と喜んだ。やっぱり喜び慣れてない気がする。

「す、ストレートに言われると照れるなぁ〜、へへへ。……というか千尋君、急に雰囲気変わったみたいなんだけど、どうかしたの？」

「わかるのか？」

そこまでいきなり、心の変化が表層《ひょうそう》に出るものだろうか。

「うん、声で」

どんな特殊能力だ。

まあでも円城寺しか気づかないにしても、態度に出るほどというのは、自分の中で大きな変化が起こったのだろう。

「……正解らしきものを見つけたかもしれない、とは思うけど。もしそうだったら、お前のおかげだな。ありがとう」

素直に、誰かに『ありがとう』と言ったのなんて、いつ以来だろう。

「て、照れるよ！　というか今の一瞬でそんなことがあり得……あ〜、あり得るかぁ」

自分にも身に覚えがあるように、妙に納得していた。

「あるよね、そういうの。これ、っていう『本物』が見つかる瞬間が」

「円城寺も見つけたのか？」

「うん。……お、おそらく」

「そこは断言しとけよ」

勢いづいている時はイケイケだったくせに。

「ああ、それと。円城寺はさっき『本物』って言い方してたけど、確かにその通りで、俺の考えが本物かわからないんだよ。どうやって判断したらいいと思う？」

こいつならわかっているんじゃないかと思い、千尋は尋ねた。

円城寺は凄い奴だ。そう考えると円城寺のいいところが見えてくる。そこから得られるものを、自分も得ようと思える。すると、自分も今まで以上に成長できる気がする。

「うん、その考えは、なにもしないでそのままだったら、偽物かもしれないよね」

話す円城寺は、少し得意げだった。

それから、とびっきりの秘密を教えてあげるんだぞ、という笑顔で言った。

「だから行動して、自分で『本物』にするんだよ」

なるほどね。

——つーかお前、俺が唯さんを好きだとかどうだとか言いやがって……。

——え⁉　違った⁉　今一番会って話したい人っていう条件で『力』を使ったら唯先輩になったから、そうだと思ったんだけど……。

——二度と言うなよ！

——は、はいっ！　ん、でも否定はしてない……ってことはやっぱり唯先輩が……！

——早速二度目を言ってんじゃねえよ！　後……悪かったな。面倒かけて。

——なんのこと？

——走らせたり叫ばせたり情けない姿見せていらつかせたことだよ！　言わせんなよ恥ずかしい！

——千尋君が悪いのになんでわたしが怒られてるの？

——ご、ごめんなさい……。

□■□■□

「強制的に解消しきれない矛盾を起こす案、もしやるなら俺がやるべきだと思います。まだ『力』は使えるはずなんで。後、〈ふうせんかずら〉をもう一度見つけます。やっぱり俺のとこに来る公算《こうさん》は大きそうですから」

　今集まれる文研部員五人が集結した部室で、千尋は謝罪とこれまでの〈ふうせんかずら〉の現象に関する聴取《ちょうしゅ》を行い、その後自分が考えたプランを話した。

「お、おう。……ただ、強制発動はリスクが高い。まだ実行は早いと思っている」

　面食らった様子の稲葉が応じた。

　謝罪だけじゃ伝わらないと思ったから、ちゃんとしたプランという形で自分の気持ちを表してみたのだが、イマイチだったろうか。

「ちっひー」

　腕を組み目を瞑った永瀬が、千尋の名を呼ぶ。

「は、はい」と返事をすると、永瀬がゆっくりと目を開き、唇の端を吊り上げた。

「貴様、一皮剝《む》けたな」

　作った声で、永瀬はびしっと千尋を指差していた。

「ありがとうございます」

　丁寧《ていねい》に頭を下げると「ちょ、流石にそれはちっひーのキャラじゃないよ!? さては偽者か!?」と疑われる羽目になった。

「なにかあったのか、千尋？」

　青木が訊ねてきた。

「色々……」

言いかけて、千尋は言い淀《よど》む。この想いはちょっとでき過ぎで、わざとらしい感じがしたのだ。永瀬や、稲葉や、青木のような『本物』の前で話すのははばかられる。

「ちっ、千尋君！　あの……」

円城寺がなにかを言おうとしている。励《はげ》まそうとでもしているのか？

それは待て。そこまでされたら、いいところを全部円城寺に持っていかれてしまう。

「今まで、周りのせいばっかにしてたんですけど……、やっとそれに気づけたかなって。全部自分次第だ、と。世界はあるがままにあるというか……や、最後のはなしで！」

なにを語っているのだと恥ずかしくなった。ノリだとしてもキツ過ぎる。

「あっははは」「はははははは」「ぷっわははははは」

千尋のセリフに、永瀬が、稲葉が、青木が笑った。

笑われて、しまった。

けれども嫌な感じはしない。嫌な気持ちにならなくていい笑いだと、わかったからだ。よく見れば、それくらいわかる。

「いいねちっひー！　よく成長した！　いや、ちっひーは元々できる子なんだよ。ただちょっち捻《ひね》くれてるから、力がちゃんと発揮《はっき》されてなかったんだよね！」

「そんなに捻くれてるように見えてましたか……？　いやでも自分は……できるもできないもなくて、普通ですよ」

「なら普通の子はみんなできる子だね！」

そういう解釈をするか。面白い人だ。

じゃあちっひーに先輩からアドバイスをしてあげよう、と永瀬が言った。

それはそれは格好《かっこう》よく男前に。

「お前に足りないのは度胸《どきょう》と自分を信じる心だ。周りの目を気にしすぎなんだよ。んなもん気にするな。やりたいようにやっちまえ。自分の生き方は、自分の価値観で決めるんだ」

「お前が言うと説得力があるな、くくく」

稲葉が笑うと、永瀬はぺろりと舌を出した。

じゃあアタシからも一言、と今度は稲葉が話し始める。

「世界の見方は自分次第？　甘いな、見方を変えるだけで満足してちゃまだ二流だ」

傲岸不遜《ごうがんふそん》な態度で稲葉は足を組む。

「この世界はな、他の誰のものでもない、テメエのもんだ。文句があるならテメエで勝手に変えちまえ」

まさに神をも恐れぬもの言いだった。

「稲葉んかっくい～！」

永瀬がばたばたはしゃいでいる。円城寺は「ほえ～」と見入っていた。

というか、さっきからなんだこのノリは。みんな酔い過ぎだろう。青い春に酔って演じ過ぎだろう。後で絶対恥ずかしくなるぞ。最早痛い。痛過ぎる。

いや、むしろそれがいい？　それこそが青春？

一応千尋は、青木の発言も待ってみた。

「ん？　どうしたんだオレを見て……あ。オレのアドバイスを期待している流れ⁉　め、珍しい！　こんな時無視されることが多いオレが……あ、ごめん！　すぐやるから『もういいです』みたいな顔しないで！　今考える！　え～……、う～ん……」

う～～～～～んと悩みに悩んだくせに、青木の言葉はただシンプルだった。

「考えるな、感じるんだ！」

いや、ホントあんたらしいよ。


とにかく〈ふうせんかずら〉に会うことを目標として千尋は自然公園に向かった。もう奴が現れるのはここしかないだろう。

本当に終わるならば終わると言うはず、最後は後腐《あとくさ》れをなくして終わるはず、「今まではそうだったから」という永瀬達の言葉が、ギリギリ希望を繋いでいてくれる。

なにがあっても今度こそ、奴に会ったら捕まえてやる。

あんな存在相手にどう戦うんだ。超常現象を起こせる存在に勝てるはずがない。そう思い込んでいたが、本気で立ち向かおうとすれば、実はやれないこともなかった。

相手をちゃんと見極めて、勝つという絶対的な目標を見据えて作戦を考えれば、突破口は確かに見つかる。

見つかるということは、戦えるということ。

なのに戦えないと思っていたのは、自分が現実を直視せずに逃げていたからだ。

過去の事例から推測される奴の性質、奴の『面白い』。そこから答えらしきものを導き出し、まだ本当じゃないその偽物を、実際に行動することで本物にする。

とてもわかりやすい。早くやってやりたくてうずうずする。

が、戦闘準備が万端《ばんたん》の時に限って、〈ふうせんかずら〉は現れない。

園内を歩き回って、歩き回って歩き回って、また歩き回る。

ちなみに、隣には円城寺がいて、同じく必死に足を動かしている。

〈ふうせんかずら〉は今回二年生の前に現れる気がなさそうだ。そう予測が立ったので、この場にいるのは二人だ。稲葉達はまた別の線から、解決に向けて動いている。

さっきまでは歩きながら会話もしていたが、今はお互い無言だ。黙々と足を動かす。

日も暮れてきて、気持ちのよい風が吹いてきた。疲れで頭もぼうっとしてきたところに、そんな風が吹いたからだろうか、ふいに心に穴が空いた。

「なんか……色々お前のおかげだよ、円城寺。改めて、ありがとう」

しかし言ってから恥ずかしくなった。おまけに前にも「ありがとう」と言った気がする。つまり言い損だ。

「つ、つってもまだ、なにも解決してないから。ゆ、太一さんと唯さんを元に戻さない限り、俺がなにを言う権利もないんだけど」

そう終わってない。今スタートラインに立ったばかりだ。

円城寺はとてもやわらかく、優しく微笑んだ。

「それは、太一先輩がわたしを勇気づけてくれたからだよ。や、その前に伊織先輩達が頑張っている姿を見たから、太一先輩に会うことができた訳で……。い、いや、それを思えばわたしがこの部活に入れたからで、そ、それには先輩達が『そう』いてくれたからで、千尋君がいてくれたのもあって……。そ、それを言うなら、わたしがこの世に生まれることができたから……」

「どこまで戻るんだよお前は」

放っておけば宇宙の誕生まで遡《さかのぼ》りそうだった。壮大過ぎる。

でもまあ、世界はそうやって回っている訳か。

はい、クサい。

「けどそうだよね、まだ……だもんね。わたし達の戦いはこれから、だもんね」

「流れたと思った話題もちゃんと拾うんだよな、円城寺は」

変わったけど、変わらないな。

おどおどした喋り方も相変わらずだし。聞いたところによると、千尋に対して叫んでいた時は、覚醒《かくせい》スーパーモードが発動していたらしい（ネーミングセンスだけはどうにかならないものかと思った）。

結局その日は〈ふうせんかずら〉に会うことは叶わなかった。

次の日も、千尋と円城寺は駆けずり回ったが〈ふうせんかずら〉を見つけられなかった。

次の次の日も、千尋と円城寺は駆けずり回ったが〈ふうせんかずら〉を見つけられなかった。

だから次の次の次の日も、千尋と円城寺は必死に踏ん張って駆けずり回る。

「だっ……ダメだっ……。全然……現れてくれない」

円城寺が膝に手をついて言った。

「……なんだよ、やっぱあいつの気分次第なのかよっ」

千尋も毒づく。このまま状況が打開できないようなら、新しい策を展開するしかない。

唯と太一に対するショック療法《りょうほう》も、また議論に上がっているところだ。

唯と太一が一部の記憶を失ってから、もうどれだけの時間が経っただろうか。今一番恐ろしいのは、その記憶がきちんとどこかに保管されていないことである。

〈ふうせんかずら〉は信じられないような力を持っている。常軌《じょうき》を逸《いっ》したことができる。

でも、なんでもできる訳ではない。

奴のコントロール下にあるならば、全ては計算済みだと考えられる。しかし今回〈ふうせんかずら〉は、コントロールするハンドルを他者に預けている。

その他者が起こす事故を見越した上で、奴はあらかじめバックアップを取っているのだろうか。それが不安だと稲葉は話していた。

恐ろし過ぎることを稲葉は言うな、と思う。しかし懸念《けねん》を話して貰えたのも、自分達が信頼された証なのだろう。そう解釈すれば、プラスに考えられた。ギリギリ。

そうやってプラスに考え自分を強く持つべきだ。最近千尋は、その大切さを思い知らされたのだ。

千尋が部室に仕掛けたボイスレコーダーを廃棄《はいき》するため、回収した時のことだ。

魔が差して、録音時間いっぱいになっていたボイスレコーダーを再生した。すると。

『太一……うう……太一ぃ……』

スピーカーの先、稲葉が想い人の名を呼んで泣いていた。

随分余裕があるように千尋の目には映っていた。こんな状況になっても、強さと今までの経験から、本当に平気なんだと勘違いさせられていた。超人かと思っていた。

でも違った。あの人達だって、自分達と同じように苦しんでいた。

弱く見えないのは、その弱さを見せないからで、ただ隠れて泣いているだけだった。

弱さを見せないで、千尋や円城寺に強さを感じさせてくれる。あの強い姿にどれだけ勇気づけられたか。強さを示すから、周りの人間も強くなれたのだ。

あの人達はなにもかも上手くいっているように見えたけれど、たぶん本当は違う。上手くいっているかの如く演じているだけなのだ。しかもそこで終わらない。その先で、まだ偽物のそれを、自分達の努力で本物にしようとしている。

結局自分達と同じ地平にいるとわかる。

なら自分だって——そう強く思った。

「もう一度、あいつが一番気に入ってるらしい、あの人気のない場所に行くか」

千尋が提案すると「うん」と円城寺も同意した。

何度も歩いた道を再び歩く。

過去四度現象を乗り越えている、そう聞いて、自分も戦おうと決めた時、正直あっさり解決するんじゃないかと一瞬期待した。勢いに乗っていると、世界もその勢いについてきてくれるような感覚がしたのだ。

でも当然そんなことはなかった。世界はただあるがままに存在して、自分の都合でそう簡単に動いてくれない。

だからといって、諦めない。

簡単に上手くいくはずもない時に無慈悲《むじひ》な世界を、自分達は足を止めずに歩いていく。

何度も足を踏み出し、もう一方の足をまた踏み出す。

——もう二度と〈ふうせんかずら〉が現れなかったら？

不安を抱きながら歩く。

——現れても、奴がどうにもできなかったら？

疑念を抱きながら歩く。

——罪を犯した自分に、そんなチャンス巡ってこないのでは？

焦燥感《しょうそうかん》に駆られながら歩く。
——契約を反故《ほご》にした自分に〈ふうせんかずら〉が脅し通りのことを実行したら？
それはどうでもいい。……流石にこれは強がりか？　見栄を張っているだけか？
その通りだ。自分のような本物じゃない人間が、一番可愛いと思うのは自分だ。
でもそうじゃないと言い張って今は進みたい。
偽物だけれども本物のフリをしたい。
今自分が達すべき目的は一つでいい。
そしていつか、自分も本物になる。
何度も歩く。
何度も何度も歩く。
何度も何度も歩くから、
何度も何度も世界を変えようと行動をするから、
〈ふうせんかずら〉が現れるのだ。
待ち望んでいたのに、瞬間、体が凍りついてしまう。
後藤という人間の姿。なのに人外の雰囲気が、周辺一帯を飲み込むほどに感じられる。
それが〈ふうせんかずら〉だ。

足が竦《すく》み、腰が砕けそうになる。

「きっ……きた……！」

円城寺が、千尋の制服の裾《すそ》を掴む。

自分が。先にいけ。立てたプランじゃ攻めなきゃいけないのは自分だ。

「て……、テメエなんとかしろよっ！」

「へ!?　わ、わたし……？」

「違う円城寺じゃなくてっ、〈ふうせんかずら〉に……」

締まりがない。上手くいかない。もっと格好よく決めるはずだったのだが、脳内のシミュレート通りにはいかないものだ。

落ち着け。大丈夫だ。作戦があるだろ。頭にあるものを行動に起こすだけだ。

〈ふうせんかずら〉はなにも言わず、突っ立っている。生きているかどうかさえ疑う。

と思っていたら唐突に口が動く。

「ああ……なんか最近……随分僕のことを捜し回ってるみたいで……ああ、普通なら出てこないんですけど……進展もないですし……」

「進展がない……から、やめる？」千尋が尋ねる。

「……そんなことないですけど。放っておくことも一興《いっきょう》ですし……」

これまでは飽きたらやめる、を繰り返していたらしいのに。

「あっ、あの……〈ふうせんかずら〉、さん。太一先輩と唯先輩の記憶を、ちゃんと元に戻すことは、で、できますでしょうか？」

円城寺はやたらめったら丁寧な口調だった。

「戻さないでも『面白い』なら……それでもいいかなぁ……と」

つまり戻そうと思えば戻せる、ということだろうか。

「ああ……それより『さん』づけどうも。初めてされた気がします……」

「ど、どうも」

〈ふうせんかずら〉が妙なところに食いついた。シリアスさに欠けるやり取りだ。

「おい、〈ふうせんかずら〉。お前は二人の記憶が元に戻せるんだな？　じゃあやってくれ。要求があるな、ら、飲む、か、ら」

言葉が喉《のど》に引っかかる。〈ふうせんかずら〉が、半開きの目で睨《にら》みを利《き》かせたからだ。

微弱な表情変化が、その場の空気を丸ごと変える。

「よく宇和さんがそんなこと言えますねぇ……？」

なじられる。

「……あなたは途中から『面白くする』ことを放棄《ほうき》して……。だいたい宇和さん……、あなたが起こしたことでしょう……？」

否定できない。普通なら交渉のテーブルにつけないくらいにバカげている。

どう考えても、詰んでいる。

逃げてしまいたくなる――でも。

それは、自分がそう思っているからで、違う道を探せば開く道はある。

特にこいつは普通の倫理観や常識のない異端の存在だからこそ、突ける点が存在する。

「俺が……面白くすればいいんだろっ⁉」

その一点を、一突き。

〈ふうせんかずら〉の刺すような眼光がやむ。ただ漫然《まんぜん》と見つめる目に戻る。

「俺が、面白くする……とことん面白くやってやる。だから……だから唯さんと太一さんの消えた記憶を戻せ。取引だクソ野郎っ」

気付けに罵《ののし》りでもしなければやっていられなかった。

「あの……だから取引って……宇和さんが言える立場じゃないと思うんで——」

「俺が『力』を使ってやったことをみんなに告白したりっ！」

千尋は力の限り叫んだ。

「俺の、マジ暗くて痛い考えを披露《ひろう》したりっ！　俺が中学生の時書いてた今は封印してる日記公開したり！」

なにを言ってるんだろうか。頭をよぎる疑問を無視して勢いに任せる。たぶん止まったら終わりだ。

「俺が文研部の一人一人に対してどう思っているか本音で言ってみたり！　後は……お望みとあればなんでもやってやるよっ！　こういうのが面白いに繋がるんだろ！　ああ、それからもう『幻想投影』の力も要らないからな！　返品だ！」

「幻想投影？」「……幻想投影……？」

「おっ、俺が勝手につけて呼んでる『力』の名前だよっ！　いいだろうが別に！」

恥ずかしい。オリジナルネーミングの公開がこんなにも恥ずかしいとは。

「ち、ちなみにわたしもやりますっ！　なんでも！　頑張るからお願いしますっ！」

円城寺も叫ぶ。取引というよりただ頼んでいるみたいだ。千尋がやりたいものとずれている気もする。

「ふぅ……。ええ……面白いことをやってやるから……代わりに八重樫さんと桐山さんの記憶を戻して、後『力』も使えなくして……という話ですか……」

伝わっている。もしかしたらいけるのではないか、淡い希望が揺らめく。

「でもまあ……それにしては『面白い』が足りない気がしますねぇ……。例えばもっと……宇和さんが心の中でやってみたいと思っていること、とか」

〈ふうせんかずら〉が言う。

心を覗《のぞ》かれている錯覚《さっかく》に、陥る。たぶん、看破《かんぱ》されている。

見透かされる心の奥底。見られたくない。隠したい。恥ずかしい——けれどもうこれ以上の下はないだろう？

今更だ。

「じゃあ唯さんに告白してやるよっ！　文研部員全員が見てる中でもいいぞっ！」

この宣言自体も、今更。

「ふうん……まあ、さっきまでより……色々動きそうですね……」

これは好感触か。いけるか。

「けど……、それでも嫌だと言ったら……？」

『けど』ってなんだよ。

手は尽くした、と言うほど策を用意できていなかったが、持てる全ては出し切った。

もう、これ以上はない。

「じゃあわたしの記憶を消しちゃってもいいですからっ！」

叫ぶ声が響いた。

自分じゃない。

自分じゃなければこの叫びは、円城寺紫乃でしかない。

「わ、わたしの文研部に関する記憶を消して……代わりに二人の記憶を戻す……みたいな？　た、たぶんできるでしょ？　等価交換《とうかこうかん》だし！」

めちゃくちゃな理論で、めちゃくちゃなやり方だった。

だけど円城寺には、いつの間にか千尋の服の裾を放した円城寺には、覚悟《かくご》があった。

強い意志と覚悟だ。

自分はまた、円城寺に一歩遅れるのか。

自分がヘタレなのか。円城寺が凄いのか。

ここでどう思うか？　どっちの見方だって選べる。それを選ぶのは自分だ。だから。

円城寺が凄いと思っておこう。いつか追いつき、そして追い抜くと誓って。

今は勢いばかりで偽物でしかないそれを、この世界の未来で本物にする。

「俺の分も消せよっ！　それでちょうど二対二だ！　満足だろうが！」

あの夢のような時間と空間を失うとしても、取り戻さなければならないものがある。

あの五人の五角形は、永瀬と稲葉と唯と太一と青木でなくてはならない。

それが、あそこに憧れた者としてすべきことだ。

強い意志を持って覚悟した。

これが終わりで、ここが始まりだ。

「どうだ〈ふうせんかずら〉っ！」

この行動で世界が——。

「……それでも嫌だと言ったら……？」

——変わらなかった。

「そ……そ、そんな……」

円城寺が、涙声で呟く。

わかっては、いたさ。

全力を尽くして、限界に達しても、勝利の女神は微笑まないことがある。

自分の人生で、幾度《いくど》となく思い知らされてきた。

それは誰も悪くない。

誰を恨むべきでもない。
起こる時は起こるし、起こらない時は起こらない。
でも今は、今は違うだろう。
この今だけは、自分に勝ちを——自分で勝ちをもぎ取らなきゃいけない場面だろ!?
「……どう、しますか？」
〈ふうせんかずら〉が再び尋ねてくる。
これで最後だ。
だから絞《しぼ》り出せ。絞り出せ。絞り出せ。
限界じゃない。限界と思うから限界なんだ。
変えていけ。
あるだろう。
「……ふぅ……なにもないなら——」
ああ、でももう時間がない。
「じゃ、じゃあもう……泣くぞこらぁ！」
ちちち、と鳥の鳴き声が聞こえた。
それくらい、唐突にぽかんと時間の空白ができた。

この状況、この展開、この場面で出てきた自分の言葉が、『泣くぞこらぁ！』だったことに全身全霊《ぜんしんぜんれい》で絶望した。

「……………ぶはっ⁉　うっ、う～……くっ、くくく……………！」

必死に堪《こら》えようとしていたらしい円城寺が笑い出した。

「ごっ、ごめん……千尋く……ぷっ、うふふふふ」

「おっ、お前笑い過ぎだろ円城寺っ！」

そうやって気を取られた一瞬。

「……ぷっ……なにを言って――え？」

〈ふうせんかずら〉の声が聞こえた。

今までとは、なにかが、違う。

直感で千尋は思った。

振り向くと、〈ふうせんかずら〉が驚愕《きょうがく》に満ちた顔をしている。

表情が、これまで見てきたものと決定的に違う。

なにが異なるのかと考えて、千尋は気づく。

素、なのだ。

素の感情が表れた声であり顔だ、そんな気がした。

「……今……僕、笑いましたか？」

その声も、今までと変わって濁りがなく素直なものだった。

これはなんだ？

〈ふうせんかずら〉の中でなにかが起こっている？

「僕では限界が見えてきたので……誰か他の人間にやって貰ってみたんですが……。思わぬおまけが……。いや……これは……これは面白い……本当に面白い……！」

だらだらとした雰囲気ではある。だが明らかに〈ふうせんかずら〉は興奮している。

そして本当に面白がっている。

チャンスだ。

絞り出して、絞り出したら、その言葉が引っかかった。

最後だ。勝機の糸をたぐり寄せろ。

そして未来を勝ち取れ。

「お、おい！　面白かったんだろ！　今言ったよな！　言ってないとは言わせねえぞ！この面白いが対価だ！　ここで二人の記憶を戻したら……もっと『面白い』を見せてやる！　だから二人の記憶を——」


「いいですよ」


決着の瞬間は、張り合いがないほどに呆気なく訪れた。

〈ふうせんかずら〉は千尋達に関心をなくし、ただただ面白がっていた。

□■□■□

桐山唯と八重樫太一は記憶を取り戻した。

後遺症《こういしょう》もなく、文化研究部に戻ってきた。

七人が集まった文化研究部で、千尋は今回の件について話をした。

〈ふうせんかずら〉に出会うその前から始まり、最後、〈ふうせんかずら〉が「じゃあもう元に戻して『力』も使えなくしたんで帰ります……」と言うまでの長い長い物語を、皆にできる限り事細かに伝えた。

どうなるにせよ、正確にことの顛末《てんまつ》を知って、判断して貰おうと考えたのだ。

途中から円城寺も加わったその話は、一日じゃ終わらなくて次の日に持ち越された。

喋り疲れて喉も嗄《か》れる頃、やっと語り終える。

全てを話し終え、途中でもそうしていたのだが改めて千尋は謝罪した。

別に許してくれとか見逃してくれとかの意図はなかった。ただ純粋に申し訳なく思っている気持ちを届けたかった。

部活を追い出されても仕方がないと思ったし、それ以上の制裁《せいさい》だってあるいはと思っていたが、やはりというべきか、記憶を一時的に失った唯と太一ですらも非難はしなかった。逆に先輩五人から謝罪され、二年対一年でちょっとした謝罪合戦になった。

太一達は「〈ふうせんかずら〉の現象に巻き込む危険があったのに黙っていて、こんな事態になった」と謝るのだが、こちらにはそれを拒絶するチャンスもあったのだ。否応なしに捕まった訳ではない。怒りなどあるはずもなかった。

「はい、これでおしまい！　お互いもういいって話なんだから！」

ぱんぱん、と手を叩いて永瀬が謝罪合戦を止めた。

「で、さ！　ちっひーと紫乃ちゃんは、文化研究部に、残りたいと思う？　正直、こんなことが後何度あるかわからないんだけど、さ」

不安気な様子や躊躇《ためら》いがちな雰囲気を極力少なくするように、あくまで気楽な感じに永瀬は尋ねてきた。

「今回みたいに、いつでも乗りきれると決まってる訳じゃねえぞ」

稲葉が、そっぽを向いたまま言う。

「そのせいでテストの点数下がっちゃうこともあるしね！　……いや、ホント！　オレが赤点多いのそのせいなんだって！」

「二人共信じちゃダメだよ」

「わかってます、伊織先輩。アホ木先輩がアホなだけ……あ、青木先輩でしたっ！」

「それ今までで一番ダメージデカイかなっ！　てか稲葉っちゃん紫乃ちゃんに悪口を伝《でん》授《じゅ》してるでしょ!?」

「うるさいぞアホ木。アタシは文研部の伝統を後世に伝えているだけだ」

「本当にやってるとは思わなかったよ!?　てかなにしてんの!?」

叫ぶ青木を尻目に、今度は太一が真面目なトーンで声をかけてきた。

「実際……周りの人に迷惑をかけることもあるぞ?　家族とか」

「家族を大事にする太一はやっぱりいい男だな♡　だがしかし……妹へのあの溺愛《できあい》は許さん!　……許さんからな!」

「デレばん先生、痴話《ちわ》喧嘩は後ほどよろしくお願いします」

稲葉の暴走を永瀬が止める。

そして、唯も口を開く。

「ま、まあ、うん。べ、別に会えなくなる訳じゃないし……全然、辞めちゃっても構わないと思う、かな、うん」

一人だけ感情が駄々漏れだった。

本当にわかりやすい人だ。

千尋は円城寺の方を見た。

同様に円城寺も千尋の方を向いていた。

なにも言わず、阿吽《あうん》の呼吸で頷き合う。いつの間にか二人はナイスコンビになっていた。ナイスカップル……になるのは現時点ではちょっと想像できないが。

前に座る五人に、太一と稲葉と伊織と唯と青木に視線を戻す。

答えはもう、決まっている。

「続けます」

「続けさせて下さい」

〈ふうせんかずら〉？　超常現象？　どんとこいだ。そんなものには左右されない。あれだけビビっていた自分が言うのもなんだが。

でも所詮《しょせん》〈ふうせんかずら〉は〈ふうせんかずら〉でしかない。

この世界は、この世界でしかない。

だから自分がしっかりしさえすれば、大丈夫だ。

……その自分の実力に不安を覚えない訳ではないけれど。

五人は五人共、笑顔で自分と円城寺を迎えてくれた。

たぶんこの時初めて、自分達は文化研究部の一員になれた。

「でも……なんの罰もないのは、やっぱり気が引けますよ」

千尋が呟くと稲葉が反応した。

「ふうん、千尋的には罰してやる方が、気が楽な訳か」

「ま、まあ……はい」

嗜虐的《しぎゃくてき》な笑みが覗いた気がして、少し身を引いた。自分から口にしてしまった手前、逃げ出せない、けど。

「そうだな、大きな事件は一件落着だ……だがしかし！」

ドン、と稲葉が机を叩いた。

「お前が『幻想投影』を仕掛けてきたこと、それ自体はさっきの通り許す。ただな……その中の個別案件の裁判は、まだまだこれからだぞわかってんのか千尋おおお!?」

「ひっ……！　は、はい！」

「まず……よくもアタシを脱がせて写真まで撮りやがったなてっめえ！　乙女《おとめ》の純情を踏みにじりやがって！　ギャランティを請求する！」

「す、すいませんっっっ！」

稲葉に向かって頭を下げる。

「おい千尋っ！　貴様俺の彼女になにを……！　って……ギャランティて。ギャラさえあればやってもいいみたいじゃないか」

「オレも殴られた記憶が！」

「すいませんすいません！」

太一と青木にこれでもかと頭を下げる。

「ちっひーさんよ。わたしも随分、乙女心を傷つけられた記憶があるんでごわすが？」

「すいませんすいませんすいません！」

永瀬に限界まで頭を下げる。

「あ、あたしもあの雨の日に恥ずかしい話聞かれたんだ！　もうお嫁に行けないレベルで！　だから責任取って！」

「もうホントマジですいませんっ！」

頭を机にこすりつけて唯に頭を下げる。

「全部ごめんなさいっ！　ホントなんでもやりますんでっ！」

「……なんでも？　じゃあアタシの提案する罰をこなして貰おうか」

ぎらり、稲葉の眼光が輝いた。

言質を取られたか……いや、それでいいんだ。自分に言い聞かせて納得する。

さあ、こい。

「お前がやることは……、全力で体育祭に取り組んで、緑団を優勝に導くことだ！　優勝できなかったらバリカンで坊主な！」

……運動部でもないのに坊主にキャラチェンジはマジであり得ないかな！

八章　体育祭の日に

○月×日　晴れ

本当に凄いことがあった。

たくさんのことがあった。

その中で、わたしはまるで主人公みたいになれた。

本当に本当に大変だったから、こんな言い方ちょっと不謹慎《ふきんしん》だけど、自分にとってはもの凄く大事で、なくてはならなかった出来事の気がする。……もう一回やりたいとは思わないけど。

変われたのかな、と思う。

変われたんだよ、と思う。

今確かに、きっかけを掴《つか》めているんだ。

それを本物にするか、それとも偽物《にせもの》にしちゃうか、自分次第なんだろうなぁ。

これから、これから！

今からまさしく、わたしの……わたし達の戦いが始まっちゃうのだ！

とりあえず明日、頑張れ千尋《ちひろ》君！


文化研究部《ぶんかけんきゅうぶ》が大好きです。

＋＋＋

クラス内で、体育祭応援合戦に向けての打ち合わせがあった。

申し訳程度に終わったところで、前に出ていた応援合戦代表者達が自分の席に戻る。

その中で一人、千尋だけが教卓《きょうたく》の前に残った。

あの約束というか契約を果たすためである。

クラスの何人かが「なんだ？」という表情をする。

「宇和《うわ》ー？　なんか言い忘れあったっけー？」

下野《しもの》が能天気に聞いてくる。だが千尋に返事をする余裕はなかった。千尋の中には不安とか不安とか不安が渦巻いている。

雰囲気《ふんいき》がいいとは言えない。話し合い中のクラスのテンションは低かった。席の近い友人同士、好き勝手に喋《しゃべ》っているだけでクラスとしての一体感はゼロだ。

そんなアウェーの状況下で、自分は戦わなければならないのだ。

気づいていなかった奴も、千尋が前に残ったままであるのを見つけ、注目し始める。

自分がやろうとしていること、それは相当に寒いことだ。いや、本当は熱いことなのだとは思う。しかしその熱さが故に、超絶に寒くもなるのだ。

どちらに転がるかわからない。正直敗北の目が多い気もする。

敗北した場合、結構悲惨《ひさん》な結末になりそうだ。変な目で見られるし、教室内での立ち位置も変わってしまう。

でも、どうせその程度だ。

あのどん底に比べたら、他の大抵のことは屁《へ》みたいなものだ。這《は》い上がってこられる。世界はあるがままにいてくれる。ちょっと周りに変化があるだけで、死にやしない。

だから、世界を変えてみよう。

「体育祭さ、本気出して頑張ってみようぜ」

水を打ったような教室内に、その声は響き渡った。

言った後、自分で自分に寒気を感じた。口に出してみると思ったよりもキツかった。素でこんなことを言える奴の気が知れない。

「お、おい宇和……」

「か、考えてみろよ。体育祭ってどうせあるんだぜ？　適当にやっても本気でやっても同じ一回だ。じゃあ別に本気でも……多少本気出してもいいんじゃね、みたいな。ここで勝っておくと文化祭もいい思いできるし……。が、頑張ろうぜ！」

千尋が言葉を切って、――しかし誰もなにも言わない。

それもよくわかる話だ。こういう時、一番に反応をするのは難しい。一番は前例がない。だから正解かわからない。流れってものは本当に大事で、世の中で上手《うま》くやっていくためには、その流れをしっかり読むことが大切だ。

でも、その流れを読んで、ただずっと乗っかっているだけじゃさあ。

なにも変えられないし、なにも変わらない。

見栄《みえ》っ張《ぱ》りの偽物の勇気でもいいから、誰か一人でも動き出せば。

……ていうかマジでドン引きされて、みんなが動けないだけとかないよな。だとすると痛いぞ。痛い。痛い。痛くてお腹痛い。

「せ、青春っぽくていいね！　そういうの！　わたしは賛成《さんせい》かな！」

突然席から立ち上がった円城寺《えんじょうじ》が発言した。

いざとなったら加勢すると、円城寺とは打ち合わせ済みである。誰か一人が動けば、後も続きやすいはずだ。青春というワードは青過ぎる気がするが、まあいいだろう。

グッジョブ、円城寺。

教卓前の千尋、クラスの真ん中で立つ円城寺。二人で掲《かか》げた、革命の狼煙《のろし》。今は二人しか立ち上がってなくても、もう二人も立ち上がっているのだ。

必ず誰かが、たとえ一人でも、誰かが、絶対、誰かが、もうまもなく、誰かが、恐る恐るではあるが、この流れに続く誰かは。

――一人もいなかった。

ブリザードが吹き荒れる教室で、千尋と円城寺は立ち尽くした。

あんなこと言い出したら……みんな引くぞ？」

「……いや、いきなりお前みたいな、まあ暗いとは言わんが前に出ないタイプの奴が、

休み時間、前席の下野が言った。

「うっせえな！　わかってるよ！　わかってるよクソ！」

あんな超常現象を乗り越え、更には文研部の『熱さ』に長時間晒《さら》されたものだから、異常に慣れて普通を忘れてしまったのだ。あのノリを前振りもなく持ち込まれたら、引くに決まっている。太一《たいち》達もクラスでやる時は、それに合わせた形にしているはずだ。

「ち、千尋君……ダメだったね」

しょんぼりとした表情の円城寺が言う。

「これで千尋君はハゲ確定だね……。千尋君の髪の毛のことはずっと忘れないよ……」

「勝手にハゲ確定すな。しかもハゲじゃなく坊主だ。後お前が忘れても俺の髪の毛は生えてくる……ってかつっこみどころが多いんだよ！」

「ごっ、ごめん」

「もしかしてさっき二人でコントしてた？」

下野が言うと、周囲の席の奴らもどっと笑った。あんなことをやった訳だし、少し注

目されているらしかった。

　ああしかし、クソ。結構頑張ったつもりなのだが、どうにもならなかった。正直心が折れかかっている……が諦めない。別の方法を探そう。

「円城寺さん体育祭頑張りたいの？　それとも宇和君が言ったから？」

　臨席の女子である東野《ひがしの》が、恋愛ネタに野次馬心《やじうまごころ》丸出しでからかい気味に聞く。

「が、頑張りたいなっ、わたしは！　だって頑張った方が楽しいし、嬉《うれ》しいし、……かっちょいい……と思う……しっ」

　頑張った方が楽しいし、嬉しいし、かっちょいい。円城寺らしい言い方だ。

「かっちょいいねー。確かに運動やってる男子は格好《かっこう》いいよねー。しかも活躍《かつやく》なんかされちゃったら見る目変わるし！　で、宇和君にそういうのを期待してる訳だ」

「だ、男子？　千尋君？　え、えっと……？　たぶんそういう意味じゃなく……。どっちにしても若ハゲはちょっと……」

　なにハゲを前提《ぜんてい》で話している。

「え？　円城寺さんって、体育祭で頑張っている男がいいと思う訳？」

　下野が訊《き》く。

「え……ええ？　う、うん。それは……、いいと思うけど」

「いい、か。……なるほどね」

　たぶん円城寺と下野が思っている『いい』は意味合いが違う。

いや、そんなことはいいから、どうにかしてクラスのやる気を高める方法を考えなければ。自分のハゲ……坊主もかかっているし……ん？　ま、待てよ。

「なあちょっといいか？　体育祭とか、運動頑張ってる男子ってどう思う？」

先ほど円城寺に質問した東野のいる集団に向けて、千尋は問いかける。

「え？　それって俺は頑張るんだけど、どう思うっていう意味？　ナンパ？」

「全然違えよ。男子全般についてだよ」

さっきも思ったが、東野はかなり気さくな女子だった。男子の自分でも話しやすい。

「そりゃいいよ。運動頑張ってるのが嫌いな女子とかいなくない？」「熱い男子はいいよね～。あ、でも熱血《ねっけつ》までいくとアウト！」「高校野球とか超格好いいし、感動するよね～」「それわかる。一生懸命汗を流してる姿が……」「え？　汗フェチ？」「違うっ」

べらべらと女子同士がお喋りに花を咲かせる。

「で？　それがどうかした？」

東野が尋ねてくる。

「なあ……その話題さ。女子の間でしばらく流行《はや》らせて貰えないか？」

男女間に隔《へだ》たりがあり、クラスが盛り上がっていないとはいえ、一年二組は男子同士、女子同士は割合に仲がよかった。なので、女子の間に『運動頑張る男子格好いいよね』という話は瞬《またた》く間に広まった。すると。

「おい、宇和。俺、体育祭頑張るから、任せとけ」「俺もだ」「俺も」「俺も」

一年二組の男子は現金な奴が多かった。

「よ、よし……。男子のモチベーションはかなり上がったか……！」

いまいち釈然《しゃくぜん》としないが贅沢《ぜいたく》は言えない。それに誰かが動き出すと、他の皆も続いてくれていい流れができていた。後は女子にもこの空気を浸透《しんとう》させられると完璧《かんぺき》だ。

「宇和」

話しかけてきたのは、多田《ただ》だ。

「お前凄いな。男子の間で競技の練習しようかって話まで出てるぞ」

「ああ、俺も聞いた。時間ないから応援合戦の点数はある程度で切り捨てて、競技の点数でガチンコ勝負しようぜって話だろ。後俺は別に凄くねえ」

現金な男子達はリアルな方法で勝ちを狙っていた。

「なんで急に頑張ろうとしたんだ？」

「それは稲葉《いなば》先輩に――」

言いかけて、思う。稲葉に言われたから、体育祭を頑張ろうとしているのだろうか。

もし稲葉の命令がなかった時、自分は。

頑張った方が楽しいし、嬉しいし、かっちょいい。

「……そうしたかったからだよ」

「円城寺さんが言ったから？」

「いやだから、お前らが思うようなもんは俺と円城寺の間にない」

ああそうなんだ、と多田は笑う。

「なあ、男子には点火できて、今度は女子にどう点火するか悩んでんだろ？」

「ああ」

「たぶんな、後ちょっと押せばいけるぞ。女子も男子に感化されて、自分達もやらないでいいのか？　って感じになってるから」

「しかしそれをどう押すかが……」

千尋が言うと、多田は任せろ、と親指を突き立てる。そして少し大きめの声で言った。

「あー、また男子は練習するから順位上がりそうだわー！　これ優勝できなかったら、確実に女子のせいってことに……おっと」

わざとらしく多田は口を押さえた。それから小声で千尋に話しかける。

「男子、女子、って分かれちゃってる時は、お互い対抗意識あるからさ、こういうのが効くんだよ。へっへっへ」

確かに効果がありそうだ。実際、近くの女子がぴくっと反応している。あ、向こうの女子も反応している。やっぱ彼女持ちは違った。下野とは大違いだ。

「多田やるな……。けどお前がこうやって体育祭のためになにかやるの、意外だ」

「宇和の方がよっぽど意外だよ。やっぱお前は凄いぞ。お前のおかげでみんな頑張るのに抵抗感じなくなったんだよ、俺もそうだし。頑張るのってちょっとハズいじゃん」

「……なんで俺のおかげなんだ？」

自分が皆の前で熱く語ったからだよな……と考えながら千尋は聞く。

やはり自分の勇気ある行動が、このクラスを変えて——。

「だってお前より恥ずかしくなることとってないじゃん。そう思うと楽だわー」

千尋は頭を抱えて突っ伏した。

本当にこの世界はままならない。もっと格好よくやりたかったのに。

しかしこれが今の自分にとっての、戦い方か。

……嫌な戦い方だった。

□■□■□

記憶の戻った唯《ゆい》と太一が心配で、千尋はこっそり二年二組の教室を覗《のぞ》きに行った。

「伊織《いおり》〜！」

「わっ、とと！　なかなか強烈《きょうれつ》なダイビングハグだね、唯よ」

「あんたら最近引っつき過ぎじゃない？　少し前は離れていること多かったのに……」

「だからなのっ！　あたしには今伊織成分が決定的に足りてないの！　邪魔《じゃま》するのならたとえ雪菜《ゆきな》でも容赦《ようしゃ》しないわよ！」

「いくらでも吸収しちゃいなよ！　……で、雪菜ちゃんはあれかい？　嫉妬《しっと》的《てき》なやつ」

「いや、してないって」

「ふふ、またまた……。本当の気持ちに嘘《うそ》ついちゃって……」

「勝手に妙なキャラ付けしないでくれる藤島《ふじしま》さん!? あんた最近恐いよ!?」

唯はクラスの女子と楽しそうにしている。全く問題はなさそうだ。

次は太一に目を移す。

「なあ、体育祭の出場種目決める時さ、運動できる奴で、とか勝手に決めちゃってたけど……なんかやりたい種目とかあったか？　もしくは得意な種目とか」

太一が大人しそうな男子に話しかけていた。

「え……？　ああ、やりたいのは別にないけど……」

「やりたいのは別にないけど？」

「小中の頃ずっと騎馬戦《きばせん》の上やってきて……、まだ負けたことない」

「え、それ凄くないか!?　じゃあやってくれよ！　今からでも競技変更間に合うか!?」

「ああ……、変更できるなら」

「よし、じゃあ渡瀬《わたせ》に確認してみるよ」

「へいへい思わぬところで大島《おおしま》君の特技発見だね！　へい！」

やたらとテンションの高いツインテールの女子が割り込んでいた。

「てかあれだね、八重樫《やえがし》君もなかなかどうして特技を上手いこと引き出したね。なんで急にそんなこと訊いたの？　中山《なかやま》姉さんに言ってみな」

「ああ……部活の後輩から、話を聞く機会があってさ。それで考えさせられたんだ」

「ほうほう、なにを？」

「う～ん、どう表現したらいいかは難しいんだけど……本当はやりたいことがあるのに、きっかけが摑めてなくてできない人間がいるってわかった感じ……かな？　昔は自分もそうだった気がするし」

「ふうん……なるほど。八重樫太一……やりおる」

「中山はさっきからなに目線なんだよ」

やっぱすげえよこの人達、と千尋は思う。

この人達に届くのは、もう少し時間がかかりそうだ。

□■□■□

体育祭当日は素晴らしい晴天だった。

もう少し雲があった方が過ごしやすかったかな、などと皆言い合っていたが、体育祭が始まればその熱気で暑さなんて吹き飛ばしてしまった。

上級生の話によると、今年は例年以上の盛り上がりらしい。

昼休みを挟み、応援合戦も終わった。体育祭も終盤戦《しゅうばんせん》だ。

「千尋、いい戦いっぷりだ」

稲葉がしがしと頭を撫《な》でてくる。

最終種目を残し、総合得点で優勝が狙えるのは、稲葉・青木《あおき》、千尋・円城寺の所属する緑団と、太一・伊織・唯の所属する赤団の二チームだった。現在赤団がリード、緑団が負けている。ただ最終種目で緑団の順位が赤団より上にくれば、逆転できる点差だ。

「でき過ぎだな。いや、アタシ達がいるから必然か、って考えた方が面白いな。とにかく賭《か》けの勝負も含め、全てが次で決まるとは燃えるな、おい」

「ですね」

「もちろんお前の坊主もかかってるがな！」

忘れてなかったか……。

「アタシは出場しないけど、頑張れよ千尋」

最後の種目は、山星《やまぼし》高校体育祭名物、全学年参加男女混合騎馬戦だ。

山星高校の騎馬戦は男子だけで作られた騎馬と、女子だけで作られた騎馬が混合で試合をする。

当然男子と女子が直接ぶつかる訳にはいかないので、女子の騎馬は男女どちらに攻撃をしてもよいが、男子は女子に攻撃できないルールが設《もう》けられている。これだけを見ると女子が男子を一方的に攻撃できるようにも見えるが、通常は体格差があるので女子の攻撃は男子になかなか届かない。なので基本的に男女混合とは言え、男女別々に戦うのが通常であり、たまに隙《すき》を突いて女子が男子のハチマキを奪い盛り上がる、という感じであった（ちなみに、男子の騎馬が女子の騎馬を攻撃できないことを利用し、女子が相手男子の進行を妨害《ぼうがい》するなど、高度な作戦が展開される場合もある）。

予選二試合を経て、決勝に残ったのはトップ争いをする赤団と緑団だった。

これまでは時間制限つきの戦いだったが、最後は時間無制限の勝負になる。どちらかが全滅するまで行われる総力戦だ（一チームが男子だけ、もう一チームが女子だけになると、それ以上戦えないので残りの騎馬数で勝敗が決する）。

校内の盛り上がりは最高潮《さいこうちょう》だ。

父兄も、もう戦い終わったチームも、最終決戦に釘付《くぎづ》けである。

じりじりと太陽が照りつける空の下、馬の上に乗る千尋にも声援《せいえん》が聞こえる。

「がんばれえええええ！」

「負けるなああああああ！」

「決めろおおおおお！」

「やっちまええええええ！」

多少興奮し過ぎて、殺伐《さつばつ》とした声援も飛んでいた。

「宇和テメエ勝てよおおおおお！」

千尋に向けた野太《のぶと》い応援も飛んでくる。

「千尋負けたら坊主だからなあああ！」

……脅迫も飛んでいる。

「頑張れっ千尋君！」

大声がわんわんと鳴り響く中、円城寺の声も耳に届いた。

千尋は少し驚く。あの声の小さな奴が、よくこんなに声を張り上げたもんだ。

「――始めっ！」

決戦の火蓋《ひぶた》が切られた。

「おっしゃ行くぞ宇和！」

千尋の下の馬役で前方を担当する多田が叫び、千尋の騎馬も動き出す。

千尋達緑団にはがたいのいい奴が多かった。予選でもその圧力を利用して、力押しで突破《とっぱ》した。

対する赤団は、そういう目立った力のあるチームではなかった。

だが赤団には大人しそうではあるが異様に勝負強い二年生男子、それから縦横無尽《じゅうおうむじん》に戦場を暴れ回っている――桐山《きりやま》唯がいた。

唯は女子だけでなく男子にも嚙《か》みつく。まさに戦場を駆ける虎《とら》だった。

唯の戦闘能力を考慮《こうりょ》してか、唯の馬の女子は全員高身長の者で揃《そろ》えられていた。とは言えそれでも普通のやり方なら、男子の騎馬に届かないだろう。だが唯は、戦闘時に馬役の女子三人の肩を足場にして立ち上がる、という離れ業《わざ》を繰り出していた。

男子ももし戦えるのなら対抗できたかもしれないが、男子は唯に攻撃を仕掛けられない。逆に女子では唯の相手にならない。

高さのハンデを克服《こくふく》した唯は、一人だけチート使用状態だった。

「とりあえず唯さ……あの髪が長い女子の騎馬は女子で引きつけて時間かせいで！　男子を潰《つぶ》しましょう！」

千尋は大声で指示した。

総合力チーム、対、少数スターチームは互角の戦いを見せた。

押しつ押されつの熱戦が繰り広げられる。

砂埃《すなぼこり》が舞う。

歓声《かんせい》が飛ぶ。

一騎、また一騎、敵味方の騎馬が討ち死にしていく。

敵チームの、唯に次ぐスターである二年男子と千尋が向き合った。唯のせいで全然目立ってはいないが相当数のハチマキを奪っていた。

「しっ！」

千尋が先に仕掛ける。

相手がそれに反応して動く――のを見極めて千尋が腕を伸ばす。先のはフェイントだ。

「おうらっ！」

男子のハチマキを奪う。

「宇和すげえな！」

「これでも結構長いこと空手やってるからな！」

気づけば周りに騎馬が残っていなかった。

残存《ざんぞん》するのは自分と、味方の女子一騎と、敵である唯の一騎。

スピーカーから放送部の実況解説の声が響く。

『さあ残ったのは赤団大大活躍で一躍《いちやく》ヒロインに躍り出た桐山唯さん！　つか一年の時はどこに隠れていた！　そして緑団が男子一、女子一。なので状況を整理すると……解説さんお願いします』

『桐山さんが負けた瞬間緑団の優勝が決定。逆に緑団女子が一番初めに脱落した場合、男子対女子になってしまうのでその時点で試合終了。残数も同じなので騎馬戦は引き分けで赤団が優勝になります。緑団男子が一番始めに脱落した場合は、女子対女子が残るので勝負は続きますが……タイマンになったら赤団桐山さんの勝ちは揺るがないでしょうね。現時点でも男子は女子に攻撃できないので、タイマンとも言えますが。となると、勝負はもう決まったような――』

『っさあマジでプロっぽい解説頂きました！　ちなみに正しいんだけど最後の解説は盛り下がるから要《い》りませんっ！　とにかく先に脱落した方が負けるってこと！　それだけ覚えておいて！　ってことでマジで最終決戦になってるすげえええええ！』

若干、実況中継を盛り上げる制作側の裏の顔が垣間《かいま》見えていた。

皆解説に聞き入ってしまい、ずっと動き続けてきた流れが止まっていた。

戦いの場に静寂《せいじゃく》が訪れる。

ちょうど唯の騎馬を真ん中に、千尋の騎馬と味方の女子の騎馬がそれを挟んでいる。

千尋は味方の女子とアイコンタクトを送り合い、唯の騎馬にじりじり近づいていく。

実際挟み撃ちにあまり意味はない。千尋は唯に攻撃できないのだから、事実上女子同士の一騎打ちで、その結果は見えている。

だから解説の言う通り勝負は決まっている。それは過言《かごん》ではない。

だけど。

勝つということを絶対の目標にして、そこから逆算して考えれば勝算はあった。

いや面白い。本当に面白い。

こんな状況でもあると思えば、逆転の目が見えてくるのだから世界は最高に面白い。

そこに浮かぶ偽物の勝ちを、後は行動して本物にするだけだ。

じわじわと距離が縮まる。

そろそろ戦闘圏内に、入る。

その時馬の上で唯が立ち上がった。二人の馬の肩に片足ずつを乗せ、器用にバランスを取っている。かなりの高さだ。というか反則にしか見えない。

栗色の長髪をなびかせ、唯が敵を見定める。

「女の子を倒せば優勝か。貰ったわね。千尋君はこっちを攻撃できないし――」

「ねえ、唯さん」

勝ちを目指して、千尋は話しかける。

「ん、なに？」

「まさか唯さん……騎馬戦を引き分けて、それで優勝しようなんてこと、思っていませんよね？　先に女子を倒すとそうなっちゃいますけど」

負けず嫌いの唯を煽《あお》る。

「なっ……！　そ、そんな訳ないじゃないっ！　あたし達は騎馬戦でも完全な勝利を収めて、完璧に優勝するのよ！」

「ちょ、ちょっと唯そんな安い挑発に乗らなくても……」

かかった。

「どうせ男子は攻撃できないのよ！　なら先に倒しても一緒でしょ！　ほら行って！」

「わ、わかったって」

唯の騎馬が千尋の騎馬に向けて走ってくる。かなりのスピードだ。唯の下、馬のメンバーも実力者揃いと見えた。

「どうするんだ宇和!?　逃げるのか!?」

「いや、このままでいい」

唯の動きを見て、味方の女子も唯に迫ろうとはしているがまだ距離がある。

「このまま……こっちは手を出せないんだから追いつかれたら終わりだぞ!?」

終わり。

確かに終わりだ。

ここで、長い間続いてきた一つの物語を終わらせよう。

それは今までずっと自分が認めず、幻だと思ってきたことだ。

それを今この一瞬間だけ本物にして、そして終わらせよう。

その終わりは、次への始まりになる。


「唯さん。俺、唯さんのこと本気で好きだったんですよ」


唯の勝ち気な目が大きく見開かれる。

唯の蕾《つぼみ》のような唇《くちびる》がぽかんと開けられる。

そして次の一瞬で、――顔が真っ赤になる。

「え？　え？　な、なに千尋君……？　ほ、本気!?　本気なの!?　ちょっと、まって、え、ち、千尋君が……や、や、そんな……！　ちょっと、ちょっとぉ！」

暴れる唯。唯を落とすまいと、馬がバランスを取ろうとする。騎馬が立ち往生《おうじょう》する。

「ゆ、唯!?　ちゃんと集中して!?　ばたばた暴れないでバランス取って！　おい、聞け！　あんたこのままじゃ――」

その隙に、味方の女子が唯のハチマキをかすめ取った。

終章

誰かの世界を変えること

「どういうこと!?　どういうこと!?　どういうこと!?」

体育祭終了後、千尋《ちひろ》は烈火《れっか》の如《ごと》く怒る唯《ゆい》に問い詰められた。

「好き『だった』で過去形です。昔の話です。そりゃ付き合い長いんだから、そんな期間があってもおかしくないでしょ」

「くっ……そのちょっと好きだった時のことを言って動揺させて……!　でも嘘《うそ》じゃないし……!」

唯は頭を抱えながら、葛藤《かっとう》に堪《た》えるかのように頭をぶんぶん振り回す。

「うう～!　負けちゃった～!　みんなに申し訳が立たないよ～!?」

まあ本当は、ほとんどが好き『だった』期間なのだが。

ちなみに唯はあの活躍《かつやく》度合いから、皆に責められることは一切なかったようだ。


優勝した後の一年二組は、興奮冷めやらぬ様子だった。

「いやあよかった！　ホントよかった！」「頑張ってマジよかった……報《むく》われた……！」「いや、女子のリレーの優勝だろ！　得点めっちゃデカイし！」「あたし感動したかも～」「男子が棒倒しで勝ってくれたの大きかったよね！」「いや、男子も女子も関係ない。皆が一緒くたになって盛り上がっている。

団体競技を皆で協力してやり遂げ、しかも優勝という劇的《げきてき》な結果を出した後だ。男子も女子も関係ない。皆が一緒くたになって盛り上がっている。

「でもやっぱ一番は～、……宇和《うわ》君の活躍っしょ！」

女子の東野《ひがしの》が叫んで千尋を指差した。

「間違いない！」「よくやった宇和！」「よっ、体育祭リーダー！」「体育祭大好きっ子！」

「いや別に俺は……。てか体育祭大好きっ子ってなんだよ。どういうキャラづけだよ」

体育祭で急に頑張ろうぜと言いだしたものだから、思い入れがあるのと勘違《かんちが》いされていた。

「宇和君のあだ名は『体育祭』で決まりかな！」

「決定すんな！　せめてもうちょっと俺に即したやつに……」

「宇和君のあだ名にできそうな特徴って、例えばなに？」

「……こう、……意外に熱い奴みたいな……」

「あ、宇和君そういうキャラ狙ってるんだ。へ～、意外～」

「宇和、残念ながら人には適材適所というものがあってだな……」

「真面目な顔で諭《さと》すな！　憧《あこが》れんのは自由だろうが！　い、いや憧れてないけど！」

「千尋君はツンデレキャラだもんね。ツン八：デレ二の」

「黙れ円城寺《えんじょうじ》。いつの間に割合言えるくらいツンデレの概念《がいねん》に詳しくなってんだよ」

その後一年二組は、体育祭打ち上げボーリング大会を全員参加で開催《かいさい》した。


朝、簡単なサラダとトーストが並ぶ食卓《しょくたく》に、父親と千尋、弟の男三人が座る。母親はキッチンで兄弟二人分の弁当を調理中だ。

千尋はバターをつけて、トーストを囓《かじ》る。

特に会話はない。

父親はコーヒーを飲みながら新聞を読んでいる。弟はなにかいいことでもあったのか、それともただその曲にはまっているのか、時々鼻歌《はなうた》を歌いながら口を動かしている。

テレビから流れる音だけが虚《むな》しく響いている。

父親が身支度《みじたく》を整えるために席を立った。

弟の皿にはトマトが手つかずで残っている。食べないとわかっているのに、母親はいつも弟のサラダにもトマトを入れる。

何回、何十回、何百回と繰り返した、いつもと変わらぬ朝だ。

その朝を、千尋は今日、決意を持って少し変えてみる。

「お前が鼻歌で歌ってるの、ユラテイの新曲か？」

「え、兄貴も知ってんの、このバンド？　結構コアなの聞いてるじゃん。てかマジいいよな、新曲。でも金なくてさ〜、ＣＤ買えないんだよな〜。公式サイトでミュージックビデオ何回見たことか……」

「俺、持ってるから貸してやろうか」

「え……、持ってる……？　って兄貴いつの間に音楽の趣味変わったんだよ！　絶対兄貴がカバーしてない範囲だと思ってたし！　貸して！　貸して！」

「いいぞ。ただし、トマト食ったらな」

「は……トマト……？　おいなんだよその条件！　なんで……わ、わかった！　食うよ！　食えばいいんだろ！」

弟が一気にトマトを口に放り込んで、咀嚼《そしゃく》する。

「うぐっ……うん……。……げふっ、はい食った！　今日帰ったらすぐ貸せよ！」

そう言い捨てて、弟は洗面所の方に走っていった。

残された弟の皿は、綺麗《きれい》に空になっている。

「千尋、ありがとう」

母親が言った。

テレビから流れる音だけが虚しく響いている。いつもはそう思っていたけど、耳を澄《す》ませば宇和家の朝には、母親が料理をする温かで優しい音色が響いている。

変えようとしたら、世界はすぐ変わった。

見方を変えても、世界はすぐ変わった。

あるがまま存在する世界、その中にある自分の世界は、自分で変えられるものだった。

身支度を済ませ、家を出た。

体育祭が終わって初めての登校日。クラスはいったいどんな雰囲気になっているのだろう。あの時の空気が、一時的に熱に浮かされただけのもので、今日行ったら元の雰囲気に戻っていたらどうしよう。いや、それはそれで面白いか。

その時自分は、どうしたいと思うだろうか。

やる時はやるとわかったのだから、そのままでいいと感じるだろうか。ああ確かに、それくらいでいい気がする。年がら年中熱過ぎるのも困る。流石《さすが》に性《しょう》に合わない。

理想としては、イベントの時だけいいテンションになれば……とか思うけれど、絶対自分の思う通りにはなってくれないんだろう。

自分の都合に完璧《かんぺき》に合った世界なんて作れるはずがない。

だってみんなの理想の世界がある。

それは一人一人違っていて、互いに影響し合いぶつかって、最終的に一つの大きな世界に収束《しゅうそく》される。

さて、その世界を——つまりこの世をどう見るか。

空を見上げた。

青空が広がっている。

この空を見る度《たび》、自分は思い出すのではないのだろうか。

あの人達によって、自分の世界が変えられたんだということを——。

＋＋＋

——自分は誰かの世界を変えられたのだろうか。八重樫太一《やえがしたいち》は考える。

偽者《にせもの》を見せる、しかも仕掛け人を千尋にするという〈ふうせんかずら〉の現象が終わった後、千尋と円城寺が「先輩達のおかげで、自分達の世界を変えることができた」と感謝してきたのだ。

誰かの世界を変えるということ。それは生半可《なまはんか》なことじゃないし、やろうと思ってできるものでもないだろう。だが〈ふうせんかずら〉の現象の中で、確かに千尋達はそう感じていた。自分はその中でなにをしたのだろうか。

今回は、初め現象が起こっていることすら気づかなかった。千尋は「敵《かな》う気がしませんでした」などと言っていたが、とんでもない。危なかった。

誰かの偽者が現れるなんて、どれだけ恐ろしい世界だと思っているんだ。

あと一つ、なにかのピースがずれていたらどうなったかわからない。自分は途中で記憶を失っていたらしいが、その記憶喪失を目の当たりにした稲葉《いなば》達は、いったいどれだけ追い詰められていたか。

でも皆で力を合わせて、乗り越えることができた。

〈ふうせんかずら〉は新しい手法を使った。最早ランダムでもない。しかし、千尋が意図的に起こそうが自分達にはランダムに見えた。その意味ではルール通りとも言えた。

だがやり方を変えてきたことは、重大な意味を持つのではないかと思える。

それは、また新しいステージの始まりを表しているのか。

それとも、もう終わりに近いことを示しているのか。

なんにせよ自分達の世界を守れたのだ。今はそれで十分か。

そして本当の意味で、千尋と円城寺が文化研究部《ぶんかけんきゅうぶ》の部員になった。

あの〈ふうせんかずら〉を乗り越えて、退部しないでくれると言うのだ。太一は最後まで止めたが、二人の意志は曲がらなかった。

それ以上に大事なものがあるから――そう言った二人は、とてもたくましく見えた。

千尋は相変わらず千尋だけど、前より素直になった気がする。

円城寺は相変わらず円城寺だけど、前より自分をしっかり持っている気がする。

たぶん表層的にはさほど現れていなくても、二人はもっと変わっているのだろう。それが二人によい変化であって、その手助けができたのなら、本当に素晴らしいことだ。

自分は――自分達はどのようにして二人を変えたのか？

結局答えはわからない。

言えることといえば一つだけ。

毎日を大事にして懸命に生きていると、誰かの世界を変えることがあるのかもしれない、ということだ。

＋＋＋

太一と唯の記憶は失われなかった。

本当に、本当に、本当に本当に本当に本当によかった。

もし二人の記憶が消えて、自分達との思い出が全て消えてしまったら……嫌だ、考えたくもない。

どれだけ、どれだけ眠れぬ夜を過ごしたと思うのだ。幸いにもギリギリのところで堪《た》え切れた。気丈《きじょう》に振る舞うガラスの演技が、木端微塵《こっぱみじん》になるその前に、ちゃんと戻ってきてくれた。おかげで皆に心配をかけることもなかった。

もう自分の全てがそこにあるのだと、ひしひしと感じた。

それが全てで。それこそが自分だ。

しかし奇《く》しくもこの出来事を通じて、自分は否が応でも、その未来を考えさせられることになった。

本当に考えられない。考えたくない世界だ。でもそれは訪れてしまうかもしれない。

そうなった時自分は——。予測が全くつかない。恐い。恐い。ただただ恐くて堪《たま》らない。

八重樫太一がいなくなってしまったら、自分はどうなってしまうのだろうか。

その未来を想像して、——稲葉姫子《ひめこ》は、一人震えた。

ココロコネクト　ニセランダム　了

あとがき

本書を手に取って頂き、誠《まこと》にありがとうございます。

『ココロコネクト ニセランダム』は、一巻目『ココロコネクト ヒトランダム』、二巻目『ココロコネクト キズランダム』、三巻目『ココロコネクト カコランダム』、四巻目『ココロコネクト ミチランダム』、五巻目短編集『ココロコネクト クリップタイム』に続く『ココロコネクト』シリーズ第六巻目となっております。

「公式略称『ココロコ』が浸透《しんとう》するまであと少しだ……少しのはずだ……！」と淡《あわ》い希望を抱いております、庵田定夏《あんださだなつ》です。せ〜の、ココロコ！

さて、そろそろお気づきの方もいらっしゃるかもしれませんが、私は毎回あとがきの冒頭《ぼうとう》でシリーズのタイトルを順番に記載《きさい》しております。

これは、シリーズものにもかかわらずナンバリングがない作品なので、少しでも購入の際混乱、お間違えのないように、と作者なりに考えてのことです。

しかし「それなら初めからナンバリングしとけよ」というご指摘《してき》があるかと思います。

ええ、耳が痛い限りです。

我々も「できればナンバリングをしたい……！」と考えておりました。本当に。

ところがその想いは、全て跳ね返され、ついには屈服《くっぷく》せざるを得なかったのです。その我々が越えられなかった壁とは……、そう……所謂《いわゆる》――大人の事情でした。

……うん、まあ、『大人の事情』って一回言ってみたかっただけです。

で、なぜこの話題を出したかと言うと、ご存じの方は今更かもしれませんが是非この機会に知って頂きたいことがあったからです。

本屋さんにて、またその他の場所でナンバリングのない作品に出会い、「これ何巻だ？」となってしまった時は……背表紙を見て下さい！　ファミ通文庫の場合ここを見ればシリーズの何巻かわかるようになっています。

この本の背表紙だと、上の方に『あ12　1―5』と書いてあるのがわかるかと思います。『あ12』は作者である私の番号であり、『1―5』が私の一シリーズ目、第五巻ということを表しております。

ここを見れば順番を間違うことがありませんね！

ちなみに、短編集『ココロコネクト　クリップタイム』には『あ12　2―1』とあります。実は短編集になってタイトルが少し変わってしまったので、分類上では二シリーズ目になったようです。

ということは、本編のどの巻の間に短編集が入るかはわからないという……。

ま、まあ折り返しの著作《ちょさく》リストを見ればいいんですけどね！

本屋さんがビニールをかけている時はなんか本当にごめんなさい！　……ごめんなさい（ビニールをかける本屋さんが悪いって訳じゃないですよ。念のため）。

ここで話は大きく変わりまして。

コミック第二巻が二〇一一年一二月発売！

ドラマCD第二弾『春とデートと妹ごっこ』が二〇一二年一月発売！

そして……アニメ化決定！

一気に並べると、なかなか壮観《そうかん》ですね……。大変なことになっているなという……。

これも関係者の皆様方、読者の皆様方のおかげです。本当にありがとうございます。

コミックも、ドラマCDも、アニメも、熱意を持った皆様に手がけて頂いているおかげで素晴らしい作品に仕上がりそうです。ファンの皆様のご期待に必ずや添《そ》えるかと！

作者もできる限り全力でお手伝いさせて頂きますので、ご期待くださいませ！

メディアミックス含めまして、これからも『ココロコネクト』シリーズをよろしくお願い致します。

スペースが少なくなってしまいましたが謝辞《しゃじ》を。まず本書の出版に関わってくださった全ての皆様（特に担当様）、本当にありがとうございます。何巻になっても感謝の気持ちは変わりません。白身魚《しろみざかな》様。もうなんとお礼を言っていいのかわかりませんが、とにかくありがとうございます。これからもよろしくお願い致します。

最後に、前巻からの読者の皆様、本書を手に取ってくださった皆様へ最大限の感謝を。

二〇一一年九月　庵田定夏

太一&
いなばん。
つんっ

●ご意見、ご感想をお寄せください。
ファンレターの宛て先
〒102-8431 東京都千代田区三番町6-1 株式会社エンターブレイン ファミ通文庫編集部
庵田定夏 先生　**白身魚 先生**

●ファミ通文庫の最新情報はこちらで。
FBonline **http://www.enterbrain.co.jp/fb/**

●本書の内容・不良交換についてのお問い合わせ。
エンターブレイン カスタマーサポート **0570-060-555**
(受付時間 土日祝日を除く 12:00～17:00)
メールアドレス：**support@ml.enterbrain.co.jp**

Famitsu Bunko
ファミ通文庫
ココロコネクト ニセランダム
二〇一一年二月一〇日 初版発行

著者 庵《あん》田《だ》定《さだ》夏《なつ》
発行人 浜村弘一
編集人 森 好正
発行所 株式会社エンターブレイン
〒一〇二-八四三一 東京都千代田区三番町六-一
電話 〇五七〇-〇六〇-五五五(代表)
発売元 株式会社角川グループパブリッシング
〒一〇二-八一七七 東京都千代田区富士見二-一三-三
編集 ファミ通文庫編集部
担当 宿谷舞衣子
デザイン アフターグロウ
写植・製版 株式会社オノ・エーワン
印刷 凸版印刷株式会社

定価はカバーに表示してあります。

あ12
1-5
1080

ISBN978-4-04-727585-0